世界遊記

作　　者：徐霞客　朱自清　小思 等

責任編輯：謝江艷

出　　版：商務印書館（香港）有限公司
　　　　　香港筲箕灣耀興道3號東滙廣場8樓
　　　　　http://www.commercialpress.com.hk

發　　行：香港聯合書刊物流有限公司
　　　　　香港新界荃灣德士古道220-248號荃灣工業中心16樓

印　　刷：中華商務彩色印刷有限公司
　　　　　香港新界大埔汀麗路36號中華商務印刷大廈

版　　次：2023年9月第4次印刷
　　　　　© 2007 商務印書館（香港）有限公司
　　　　　ISBN 978 962 07 1818 2
　　　　　Printed in Hong Kong

世界遊記

徐霞客　朱自清　小思　等

商務印書館

目錄

非洲

美洲

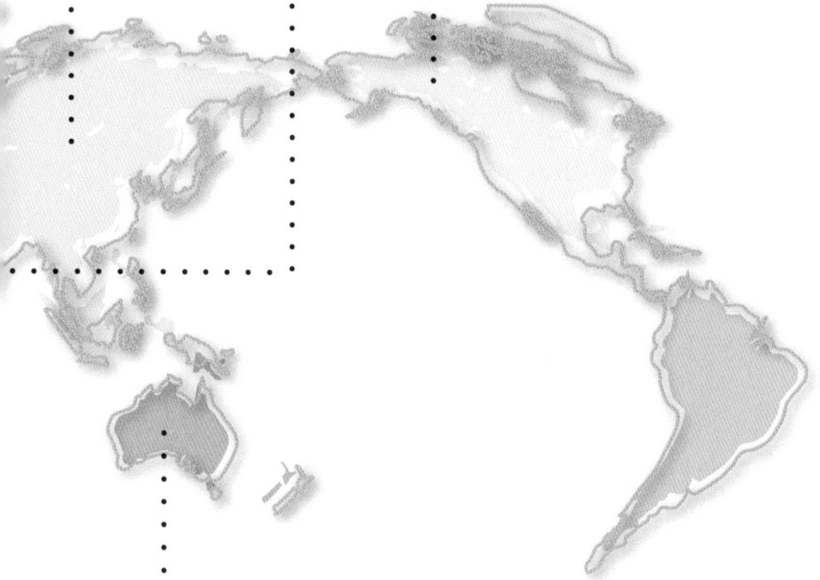

澳洲

黃山

　　安徽的黃山以"奇松、怪石、雲海、溫泉"著稱，雖然它位置較偏，較晚才廣為人知，沒能列名五嶽，但景色奇美，令它獲得"五嶽歸來不看山，黃山歸來不看嶽"的讚譽。黃山有大小山峰36座，參差錯落，山間怪石天成，仙人曬靴、下棋，豬八戒

吃西瓜，松鼠跳天都，猴子觀海等，唯妙唯肖，令遊山者目不暇接。陰雨時煙雲變幻，飛瀑流泉處處，雨後大晴則可能遇上北觀的雲海。陰晴雨雪，春夏秋冬，山上山下，都有景可賞。

遊黃山日記（後）

徐霞客

　　明萬曆四十六年（公元1618年）九月初三，我們從

戊午，九月初三日，

白嶽山的榔梅庵出發，來到桃源橋。從小橋右邊而下，

出白嶽榔梅庵，至桃源橋。從小橋右下，

山路陡峭，此為我們上次登黃山之路。行七十里，夜宿

陡甚，即昔向黃山路也。七十里，宿江村。

於江村。

　　初四日，步行十五里到達湯口。再走五里到湯寺，

初四日，十五里至湯口。五里至湯寺，

在湯池裏洗了澡，便拄着榔杖向朱砂庵進發。行十里登

浴於湯池。扶杖望朱砂庵而登，十里上黃泥岡，

上黃泥岡，先前隱藏在雲霧裏的那些山峰漸漸露出來，
向時雲裏諸峰漸漸透出，

也漸漸落在我的枴杖底下。轉入石門，經天都峰半山腰
亦漸漸落吾杖底。轉入石門，越天都之脅而下，

而下，就看見天都、蓮花二峰的峰頂，都以秀美的英姿
則天都、蓮花二頂俱秀出天半。

兀立半空。路旁有一岔道往東而上，這是昔日所未到之
路旁一歧東上，乃昔所未至者，

處。於是沿着此路直上，差不多到達天都峰旁，再往北
遂前趨直上，幾達天都側。復北上，

而上，在岩石縫隙中穿行，兩旁石峰夾道。山路在石峰
行石罅中，石峰片片夾起。路宛轉石間，

之間蜿蜒曲折，岩石堵塞之處，鑿石穿通；險峭之處，
塞者鑿之，陡者級之，

砌有石階；山澗阻斷，架木接通；懸崖絕壁，設梯銜
斷者架木通之，懸者植梯接之，

● 7

接。俯視陡峭的山谷，陰森一片，松樹和楓樹交相錯
下瞰峭壑陰森，楓松相間，

雜，五色紛呈，如圖似錦。因而想到黃山當為我平生所
五色紛披，燦若圖繡。因念黃山當生平奇覽，

覽奇觀，有如此奇景，先前卻不曾一探，所以，此次重
而有奇若此，前未一探，

遊，我感到既興奮又慚愧。這時腳夫僕役都因山路險阻
茲遊快且愧矣。時夫僕俱阻險行後，

落在後邊，我也停住不再向前。然而那一路的奇麗景
余亦停弗上。乃一路奇景，

致，又不知不覺吸引我獨自前往。一登上峰頂，就見一
不覺引余獨注。即登峰頭，

座庵寺的飛簷猶如鳥兒展開的翅膀，即文殊院，也是我
一庵巽然，為文殊院，

舊日想登卻沒能登上來的地方。文殊院左邊是天都峰，
亦余昔年欲登未登者。左天都，

右邊是蓮花峰，背靠名為玉屏風的山峰。從這裏望去，
右蓮花，背倚玉屏風。

天都、蓮花二峰的秀麗景色，都好像伸手可摘。環顧四
兩峰秀色，俱可手攬。

周，奇山異峰錯落有致，深溝幽谷縱橫交織，真可謂黃
四顧奇峰錯列，眾壑縱橫，

山絕妙的地方。要不是此次舊地重遊，怎會知道黃山如
真黃山絕勝處。非再至，焉知其奇若此？

此之神奇呢？恰逢雲遊和尚澄源來到，遊興很高。時過
遇遊僧澄源至，興甚勇。

正午，僕役們才到，大家站在文殊院前，指點着兩座山
時已過午，奴輩適至，

峰。寺裏和尚説：天都峰雖近但無路可上，蓮花峰有路
立庵前指點兩峰。庵僧謂天都雖近而無路，

可登卻又路途遙遠，只適合就近眺望一下天都峰，明天
蓮花可登而路遙，只宜近盼天都，

再登蓮花頂。我不肯聽從，決意去遊天都峰，就攜同澄
明日登蓮頂。余不從，決意遊天都。

源及僕役，仍回石峽小路而下，來到天都峰旁，再像蛇
挾澄源奴子，仍下峽路，至天都側，

那樣彎腰伏地，沿着滿是流石的路往上爬，抓野草，拉
從流石蛇行而上，

荊棘，越過叢集的石塊，攀上峭立的山崖。每到手腳無
攀草牽棘，石塊叢起，則歷塊；石崖側峭，則援崖。

着處，澄源總是捷足先登，再垂手接應。每每想到上山
每至手足無可着處，澄源必先登垂接。

• 9

都如此困難，下山怎麼受得了啊？但我們終究還是不管
每念上既如此，下何以堪？

不顧。歷險數次，終於到達天都峰頂。只見山頂有塊岩
終亦不顧。歷險數次，遂達峰頂。

石像削壁一般直立而起，高約數十丈，澄源尋視其側
惟一石頂，壁起猶數十丈。

面，發現有石階，就拉我同登。放眼望去，千山萬峰無
澄源尋視其側，得級，挾予以登。

不爬伏其下，獨有蓮花峰敢同它抗衡。這時，濃霧時起
萬峰無不下伏，獨蓮花與抗耳。

時散，每一陣雲霧飄過，則連對面也看不見，遠望蓮花
時濃霧半作半止，每一陣至，則對面不見，

諸峰，大多隱沒在雲霧之中。唯獨登上天都峰，我走到
眺蓮花諸峰，多在霧中。獨上天都，

它前面，雲霧就移到它後面；我走到它的右面，雲霧就
予至其前，則霧逃於後；予越其右，

從左邊湧出來。山頂長有松樹，樹幹彎曲挺立、枝杈縱
則霧出於左。其松猶有曲挺縱橫者，

橫交錯；而柏樹的枝幹雖有人的臂膀那麼粗，但無不倒
柏雖大幹如臂，

伏平貼在岩石上，猶如苔蘚一般。山高風大，霧氣來去
無不平貼石上，如苔蘚然。山高風巨，

不定；俯視諸峰，時而露出青翠尖峭的峰頂，時而隱沒
霧氣去來無定；下盼諸峰，時出為碧嶠，

於一片銀海；再眺望山下，則見陽光燦爛，彷彿另一個
時沒為銀海；再眺山下，則日光晶晶，

世界。暮色漸漸降臨，於是我們兩腳前伸，雙手後按於
別一區宇也。日漸暮，遂前其足，

地，坐着往下滑。到極險之處，澄源便在下面以其肩手
手向後據地，坐而下脱。至險絕處，

接應。我們渡過危險地帶，下到山坳時，已是暮色四
澄源並肩手相接。度險下至山坳，

合，再從峽谷登棧道而上，宿於文殊院。
暝色已合，復從峽度棧以上，止文殊院。

　　初五日天剛亮，我們從天都峰山坳中北下兩里，只
初五日，平明，從天都峰坳中北下二里，

見石壁深邃空幽，下有一蓮花洞。此洞正好與前面峽谷
石壁岈然，其下蓮花洞，正與前坑石筍對峙，

邊的石筍相對峙立，中間山坳幽靜異常。我們辭別澄源
一塢幽然。別澄源下山，

和尚下山，到前面的岔路口走上側邊一條山路，向蓮花
至前歧路側，向蓮花峰而趨。

峰走去。一路上沿着陡峭的崖壁向西而行，總共降升兩
一路沿危壁西行，凡再降升。

次。將要走下“百步雲梯”時，看見有路直上蓮花峰，當
將下百步雲梯，有路可直躋蓮花峰。

即沿路上登，卻發現不見了石階，心中疑惑，便又退了
即陟而磴絕，疑而復下。

下來。這時隔壁山峰上有位和尚高聲喊道：“這正是登蓮
隔峰一僧高呼曰：“此正蓮花道也！”

花峰的路！”於是我們就從石坡側面穿過石縫，山路窄小
乃從石坡側度石隙，逕小而峻。

而險峻。峰頂上全是像銅鼎一樣高高峙立的巨大岩石，
峰頂皆巨石鼎峙，

岩石中間空如屋室。我們踏着岩石中層層石階而上，石
中空如室。從其中迭級直上，

階走完，洞就轉了彎，裏面彎彎曲曲，奇異而詭譎，猶
級窮洞轉，屈曲奇詭，

如上下於樓閣中，我們竟然忘記了它是高聳屹立於天
如下上樓閣中，忘其峻出天表也！

外！走了大約一里地，發現一間草屋斜靠在岩石的裂縫
一里，得茅廬，倚石罅中。

裏。正在猶豫不決想再往上登的時候，那先前叫喊着給
方徘徊欲升，

我們指路的和尚來了，和尚法號凌虛，就是在這裏建屋
則前呼道之僧至矣。僧號凌虛，

的人，於是，我和他攜手爬上了蓮花峰頂。頂上有一塊
結茅於此者。遂與把臂陟頂。頂上一石，

巨石，高懸阻隔在那裏足有兩丈高，凌虛和尚拿來梯子
懸隔二丈，僧取梯以度。

讓我們上去。山巔十分空曠，環顧四周，天空湛藍湛
其巔廓然，四望空碧，

藍，即使是天都峰也只能低頭去看了。因為此峰居黃山
即天都亦俯首矣。蓋是峰居黃山之中，

之中，獨立挺拔於群峰之上，四面高岩絕壁環聳，遇到
獨出諸峰上。四面岩壁環聳，

朝陽升起、天氣晴朗之時，層層峰巒映射出絢麗的色
遇朝陽霽色，鮮映層發，

彩，令人欣喜狂叫，翩翩欲舞。我們在這裏欣賞了許
令人狂叫欲舞。久之，

久，才返回茅庵，凌虛和尚拿出粥款待我們，我喝了一
返茅庵，凌虛出粥相餉，啜一盂，

鉢盂，才下山回到岔路旁。越過大悲峰，登上天門峰，
乃下至歧路側，過大悲頂上天門，

又走了三里路，來到煉丹台，沿着煉丹台的台嘴而下，
三里，至煉丹台，遁台嘴而下。

觀賞了玉屏風、三海門等山峰，它們都是從幽深低陷的
觀玉屏風、三海門諸峰，

山坳像削壁一般拔地而起。那煉丹台，則是群峰之中留
悉從深塢中壁立起。其丹台，

下的一塊岡地，並不高峻奇特。不過，只有在這裏才能
一岡中畫，頗無奇峻。

俯看到翠微山的後背，山窪裏峰巒錯綜聳立，上下周圍
惟瞰翠微之背，塢中峰巒錯聳，

交相映襯，如果不是在此，就很難盡情觀賞到這些奇妙
上下周映，非此不盡瞻眺之奇耳。

的景致呢。返回經過平天矼，下了後海峰，步入智空
還過平天 ，下後海，入智空庵，

庵，和凌虛和尚就此告別。前行三里，下到獅子林庵，
別焉。三里，下獅子林，

直往石筍矼，來到我昔日登過的尖峰上。背靠着松樹坐
趨石筍 ，至向年所登尖峰上。倚松而坐，

下，俯看山窪中峰巒岩石迴環聚集，滿眼都是華麗的彩
瞰塢中峰石迴攢，藻績滿眼，

繪，這才覺得廬山、石門山，或只具備黃山的某一部
始覺匡廬、石門，或具一體，或缺一面，

分，或缺少黃山的某一方面，都不如黃山宏博富麗。我
不若此之閎博富麗也。

們在此坐了好久，才登上接引崖，向下遠眺空曠的山
久之，上接引崖，下眺塢中，

窪，只覺陰森幽暗，別有一種奇異的韻致。再回到岡上
陰陰覺有異。復至岡上尖峰側，

尖峰旁，踏着滿是流石的山路，攀着荊棘和野草，沿山
踐流石，援棘草，隨坑而下。

谷而下。愈越往下走就越愈得山谷幽深，許多山峰互相
愈下愈深，諸峰自相掩蔽

遮掩陰蔽，一眼望不到盡頭。太陽下山了，我們返回獅
不能一目盡也。日暮，返獅子林。

子林庵。

　　初六日，我們辭別庵裏的霞光和尚，從山谷中向丞
　　初六日，別霞光，從山坑向丞相原。

相原走去。走了七里路，來到白沙嶺，霞光和尚又趕來
下七里，至白沙嶺，霞光復至。

了。因為我想去觀覽牌樓石，他擔心白沙庵沒人給我帶
因余欲觀牌樓石，恐白沙庵五指香，

路，特意趕來替我當嚮導。於是我和他一道爬上白沙
追來為導。遂同上嶺，

嶺，他指着白沙嶺右側對面的山坡，那裏有叢生的山石
指嶺右隔坡，有石叢立，

屹立，山石下分上合，那就是牌樓石。我想要越過溪谷
下分上並，即牌樓石也。

逆澗而上，直驅牌樓石下。霞光和尚説："四處都是荊棘
余欲逾坑溯澗，直造其下。僧謂："棘迷路絕，

遮迷，山路阻絕，必定無法通行；倘若從山谷直下到丞
必不能行；若從坑直下丞相原，

相原，就不必再上此嶺；如果想從仙燈洞那邊走，不如
不必復上此嶺；若欲從仙燈而往，

就從此嶺往東走”。我聽從了他的意見，沿着嶺脊而行。
不若即由此嶺東向。”余從之，循嶺脊行。

這白沙嶺橫亙天都、蓮花二峰北面，極其狹窄，路旁再
嶺橫亙天都、蓮花之北，狹甚，旁不容足，

也放不下另一隻腳，南北兩面盡是相互夾立映襯的高大
南北皆崇峰夾映。

山峰。到了白沙嶺盡頭再往北而下，仰望右側山峰上的
嶺盡北下，仰瞻右峰羅漢石，

羅漢石，圓頭禿頂，儼然像是兩個和尚。又下到山谷
圓頭禿頂，儼然二僧也。下至坑中，

中，越過山澗往上，共四里路，登上了仙燈洞，仙燈洞
逾澗以上，共四里，登仙燈洞。洞南向，

洞口朝南，正對着天都峰的北面，山裏的和尚在洞外修
正對天都之陰，僧架閣連板於外，

架了棧道，而洞裏卻依然幽深空曠，保有天然情趣。再
而內猶穹然，天趣未盡刊也。

往南往下走三里，經過丞相原，不過是山間一塊狹小的
滇南下三里，過丞相原，山間一夾地耳。

平地而已。上面的庵廟頗為完整，環顧四周，並無奇特
其庵頗整，四顧無奇，

之處，我們也就沒有進去。再向南順着山腰走了五里
竟不入，復南向循山腰行，五里，

路，逐漸下山，忽聽見山澗中傳來喧鬧的泉水聲。泉水
漸下，澗中泉聲沸然。

從山石間分九級向下傾瀉，每瀉一級，下邊就有一個又
從石間九級下瀉，每級一下，有潭淵碧，

深又碧的水潭，這就是人們所說的九龍潭。黃山除此潭
所謂九龍潭也。黃山無懸流飛瀑，

之外，沒有別的懸流飛瀑。又下山走五里，經過苦竹
惟此耳。又下五里，過苦竹灘，

灘，我們轉上去太平縣的大路，向東北方向行進。
轉循太平縣路，向東北行。

杭州

　　杭州是南宋的首都，元朝來中國的意大利旅行家馬可．波羅盛讚為"世界上最美麗華貴的天城"。杭州與蘇州是江南最富裕而美麗的城市，有"上有天堂，下有蘇杭"之說。杭州有秀麗的西湖，白居易和蘇東坡都描

寫過西湖景色，湖邊又有岳王廟、西泠印社以及白娘娘被囚的雷峰塔等古蹟。西湖四季俱美，晴雨皆宜，蘇東坡以西施之美比喻西湖。

杭州新妝競舊　隨緣獨覽西湖

吳瑞卿

　　歲晚到江南，年節前幾天我到了杭州。遊了一天湖，如今坐在這裏喝着龍井茶，西湖暮色漸重，遠方雷峰夕照。我靜靜地消了兩、三小時的地方，乃是白堤東端的"湖畔居"茶館，人道是金庸經常光顧的。我佩服金庸了；即使聽說他是杭州人，但從香港歸老選杭州而非上海，是真的懂得享受。

　　上次遊杭在十年前，桃紅柳綠最美的時節，可是到處遊人喧鬧採花折柳，湖水混濁垃圾漂浮，那慘不忍睹的情景我一直猶有餘悸。此番遊杭是受不同朋友所慫恿，上海的朋友說："西湖重修得真好，如果你半年前去

杭州新妝競舊　隨緣獨覽西湖

過，現在也值得再去。"去秋小思歸來也讚不絕口，果如是。這回我特意住望湖賓館，居高臨下看西湖；1986 年我與小思，美慶及鍾基遊杭，就住在這裏。我又去了樓外樓，點了二十多年前與另幾位好友一起吃過的菜。吾生有幸，離港千萬里，但三數知己，友情如昔，讓我重遊故地增添幾感性滋味。

　　我說獨覽西湖，既非豪氣，更非霸氣，也沒有誇張，只能說幸運，與西湖有緣。農曆除夕前幾天，急景殘年，別人都忙着準備過節，天氣又在零下四、五度，遊客絕跡，幾乎到處都只有我這閒人。我甚至到處豎起三腳架慢慢地構圖，把自己也自拍進照片去！

　　第一天，我到湖邊散步，偶爾才有三兩遊人經過。為了拍攝殘荷，我在刻有"西湖"兩字的石邊徘徊良久，一個獨遊的學生央我替他拍照，然後來了一葉小舟，船夫問我要坐船否？我問價，船夫說：“一百六十元遊湖兩小時……可是船可坐六人，大姐你只一人，也是同樣價錢的……噢！價錢公家規定，有公家發的紙貼在這裏，我們不會亂敲價的……。”看着那張黑黝黝而和善的臉，我就上船去了。

湖上只有我這小舟，船夫說：“這幾天不會有遊客，天氣冷，船夫都回家過年了。你不坐我的船，恐怕找不到其他船哩！”船夫又問：“大姐從哪兒來？”我答香港。船夫興奮地說：“香港？我去過！”一個西湖船夫居然去過香港？船夫說：“1998 年我代表杭州隊去香港參加國際龍舟賽，在那叫沙田甚麼地；去了四天！”我告訴他我也賽過龍舟，不過只是大學代表隊，划過一年，輸了。船夫驕傲地說：“我們雖然沒拿着冠軍，可拿了獎牌！”

我與船夫竟有共同經驗，於是我們就也聊起划船的技術。船夫說：“我划龍舟的，別瞧我年紀不輕，要快就快要慢就慢，保證兩小時內遊完所有景點！”我說：“今天西湖無人，你就載我到處漫遊，不要趕，我愛隨心所之，超出時間我付錢。”我本沒有準備遊船，沒想到湖面風起處非常冷，於是臨時在小瀛州買了手套圍巾，即食麵和茶葉蛋，與船夫閒聊，縱舟西湖去了！

小瀛州、三潭印月等都是舊地重遊，但楊公堤和重現的小西湖是新闢才開放不久的。朋友早說好，恢復了宋、明兩代楊公堤的面貌。小舟搖過堤畔的水道，夾岸楊柳瘦竹，不時穿過小橋，然後進入內湖。過了石橋洞，內湖豁然開朗，一面是灰瓦白牆的江南民居，一面是新建土竹木亭台，水面還有一大片枯萎金黃的蘆葦；果如朋友所說，難得雅而不俗。

杭州人真會享受

　　寧靜的西湖真美。我對船夫説："真羨慕杭州人，天天對着好風景。"船夫説："靠山吃山，靠水吃水罷了。咱們杭州，不就一個西湖而已？"全世界的人千里迢迢跑來看西湖，杭州人天天對着，船夫那種不經意的不亢不卑，不壓人，但自有一種惹人羨慕的氣派。"我們杭州人就有一種習慣，喜歡留在老家。只要生活過得去，都不願意出去。人嘛！有口飯吃，休休閒閒的，不多求就易滿足。"人一生營役，不外希望有個好地方享受晚年？好山好水好茶，杭州人得來天成。

談到茶，船夫教我：“杭州的茶都好，所以你不用買很貴的，我們家喝普通而較好的就不錯了。”我問他多少錢的，答曰三百多元一斤：“現在好多了，從前收入低，喝茶比吃飯的錢還要貴！”如今又怎樣好了？答曰：“以前遊船國營，無論做得多辛苦，工資都很少，管理又差，有人亂收費，老實的船夫遊客也懷疑他開天殺價。現在船是自己的，只受公家管理，規定收費，張貼清楚。每月每條船給公司交八千元，餘下就是自己的。生意好的月份可以有三千多元，淡季像現在，大概一千元多一點，還可以！”後來又加了一句：“我去過你們香港，東西太貴，吃碗麵都二十塊錢，還是杭州好。”

船夫花在喝茶的錢比吃飯還多，杭州人是真的會享受。當然，杭州文化是離不開茶的，這次我更深有感受。有一天早上到湖邊，結果整天在湖邊喝茶。新修的湖濱步行道寬闊潔淨，沿路有茶座和休憩的椅子，消費免費，各適其適。我走到三公園就不能不停下來，湖濱茶座太吸引了。我坐下來消磨了一小時，並不愛那紅茶，只是為了風景，貪圖這麼好的地方唯我獨佔。喝罷西茶，信步到柳浪聞鶯，見“聞鶯閣”雅致的水榭茶館又清靜無人，也是唯我獨享，怎能不再來一壺龍井？這樣又坐了個把小時。

那天黃昏，慕名到湖畔居茶館，我才懂得杭州人吃茶享受的不只是茶，是休閒。那兒有人下棋，有人聊天，我喝了兩小時茶，是逗留時間最短的客人。上好的龍井上好的水，茶淡了不斷換茶葉，服務員送來一道一道的果子和小點心。猜我吃了甚麼？記得的有西瓜、葡萄、橙、甘橘、筍乾、香榛、葵花子、開心果、小丸煎餅、水餃、餛飩、藕粉、酥油餅、湯丸、元鬆糕、茶葉糕、小粽子……一百多元的消費在國內當然不算便宜，但環顧四周，都是本地人的樣子。想來也有道理，觀光客跑馬看花，哪肯花幾小時泡在一個地方？一般遊客也沒時間去享受休閒。郁達夫曾形容杭州人"只解歡娛，不知振作"。其實也說明杭州人會享受；休閒，正是享受杭州的條件，羨煞我等案牘勞形的人。歸老，就該到像杭州這樣的地方，所以我佩服金庸了。這回我在杭州玩了六天，連蘇堤花港都沒去，只留連在東湖濱、白堤和孤山之間；不是故意的，是休閒把我留住了。我領會到，欣賞西湖最要漫無目的，不計時間，隨心所欲。

我留連孤山，乃因西泠印社，這是每次到杭州我都刻一方閒章的地方。如今西泠印社園林依舊清幽，規模發展得更好，山下有印章博物館展覽歷代名印，山上又有印材館、吳昌碩館和篆刻研究社。這回我去了三次，還沒有完全細意欣賞完。

樓外樓痛快想當年

從西泠下山，旁邊就是樓外樓。剛閱過一本旅遊書上說："樓外樓是老店，服務依舊，即是說仍有點國營的味道。"時值黃昏，西湖灑了一層金霧，邊吃邊賞景多好，也就不理服務如何，登樓去也！而且到得杭州，我正想念着七十年代同遊的幾位好友，在這裏我們有過一個又好笑又痛快的故事。話說當年的酒家接待階級分明：港澳同胞比本地人高級，不能坐大堂，都要包廂，但最好的包廂輪不到你，因為高級幹部在港澳同胞之上，湖景廳是留給他們的。那次我們在沒有湖景的包廂坐下來點菜，想吃東坡肉、宋嫂魚羹和龍井蝦仁招牌菜，服務員答："沒有，都是要預訂的！"我們只好胡亂點了些其他的。菜上桌出奇地快，服務員陸續送上來竟是東坡肉、魚羹和龍井蝦仁。我們問："不是說沒有的嗎？"服務員冷着臉孔說："不知道！"既然不知道，還不舉筷！果然名不虛傳，魚嫩肉酥。大快朵頤之際，只聽得鄰室罵聲震天，原來不知是廚房還是服務員弄錯了包廂，把菜錯送了給我們。偷看隔鄰，一桌都是肚滿腸肥的漢子；除了騎在人民頭上的高幹，趾高氣揚的還有誰？我們忍不住笑，吃得分外痛快！

旅遊書說得其實不太對，那天我到樓外樓，招待是很好的。服務員給我一臨窗的桌子，西湖景色盡在目前，只可惜服務員圖方便，熱水瓶都放在窗台上，像好畫加了敗筆。餐單上名菜齊全，東坡肉和宋嫂羹都有一人份，但西湖草魚最少一斤半。服務員見我一人就餐，勸我吃鱸魚或桂魚，我堅持西湖草魚，對景開懷暢食就是，此外點了蝦仁和炸響鈴，另加一瓶五年陳花雕！鄰桌是八、九個男人，像是甚麼機關單位的，話不多，不時看着我友善微笑，大概奇怪何來一據案大嚼的女子。另一桌是兩個洋人和一個本地人，說英文，大抵是商業關係。聽本地人對外國人說話那種百般討好，卻對服務員擺架勢的嘴臉，差點兒沒倒了我的胃口。

服務員殷勤周到，結賬時我道謝：「你們服務真好！」賬單來時，服務員給我一張意見卡：「請你填寫我服務的意見好嗎？」我當然樂意，另一服務員隨即也拿出一張來懇求：「也給我填一張行嗎？」我點頭，但她說：「你可以用另一個名字給我填嗎？」我覺得可笑，也認為不應該，但看着那張純純的笑臉，結果我用英文填了她那一張！

鳥潛魚躍西湖新妝競昔

如今，坐在湖濱呷着紅茶，如非隱約見到遠處的雷峰塔和保俶塔，如非心中想着蘇東坡和郁達夫，我或許無法分辨這是瑞士洛桑湖，還是威斯康辛的夢到她湖。然而，這裏真是西湖！晨曦薄霧還在輕拂着，湖面浮游着一隻鷺鷥，忽然潛下水不見了，再上來嘴裏已含着一條不大不小的魚。半分鐘工夫，鳥兒脖子一聳一聳，魚兒被吞下了；我已看着牠吃了五條魚。又忽然水邊叭啦一聲，一條不小的魚翻騰起來，又跌回水裏去。我好奇往水裏看，最少有兩條呎來長的魚！

前一天遊湖，我和船夫除了談龍舟，也談到魚，因為遊湖時好幾次看到魚躍。我告訴艄公年青時在吐露港划獨木舟，從大學出大埔外海，那海域有一種「飛魚」，只有三、四吋長，鰭張開有如雙翼，受驚就會飛出水面達數呎之高；船隻過處，常見整群魚飛起來。有一次，一條魚竟飛進我的獨木舟，舟腹狹小，魚攢來攢去，弊扭死了。好一陣都無法捉走小魚，最後害得我翻了舟。艄公聽了哈哈大笑，然後說："你知道嗎？我們湖裏的魚近年才又多起來的，不知多少年魚都幾乎絕了，蓴菜也不長。湖水髒，水藻多，啥也不長。現在清理好，政府也管得嚴，魚又多起來了。你們不知道，以前酒家的西湖草魚都是從別處魚場買來的！"想起來，我們的大埔海已狹窄不成海，不知道還有沒有飛魚？

事實這是我見西湖最乾淨的一回。走在湖邊，殘荷之外並無垃圾，部分地方水還清可隱約見底。不過乾淨與髒，不能光從表面看。也是在 1978 年那次遊西湖，就在如今喝茶賞景的同一地點，我們見到幾個婦人在洗衣。岸邊都結了綠苔，湖面浮着水藻，湖水混濁。我們搖頭細語："這樣在湖邊洗衣，怪不得魚都不能活了。"旁邊有本地人聽到，甚不以為然地搭腔："千百年來杭人都在湖邊洗衣的啦！"顯然嫌外來人多事。對的，千百年來中國人都在湖濱河邊洗衣服，但以前是搗衣，沒有洗衣粉，衣服也沒有化學染料。前人遊湖，瓜皮果殼大概都是隨手往湖裏扔，看起來髒，但都是有機物質，早晚溶解歸於天然，那時候也沒有膠袋罐頭。我記得八十年代中一次遊西湖，湖邊漂滿膠袋垃圾，慘不忍睹。

中國現在到處都現代化了，杭州也不例外。這使我想起了四分之一世紀前的一個小故事。1978 年我第一次遊杭州，就住在湖濱的華僑飯店，時維 8 月，剛逢熱浪，氣溫高達華氏百度，加上潮濕，其熱難當。華僑飯店那時已有空調，但整市電力不足；我們早已被告知，即使是賓館都要配電。白天遊湖歸來，客人在餐廳晚飯，電就供到餐廳開冷氣；就餐完畢後，電才轉往客房開空調。天氣實在苦熱，晚餐後大家都躲回房間去，可是客房冷氣遲遲不開。幾經查察，原來冷氣（其實是電力）都供到大客廳去了，理由是給客人看電視（當時客房尚無電視機）。環顧全廳，哪有半個客人？全部都是旅館員工。

好不辛苦等到十點，客房冷氣果然開動，大家就關窗睡覺去了。半夜，空氣悶得發慌，人被"焗"醒，原來冷氣停了。想是系統故障，只好打開窗，汗流浹背地睡了下半夜。第二天晚上冷氣好了，可是到午夜大家又給悶醒，冷氣又停了。翌晨查問經理，她頗委屈地說："供電緊張，本來要到一定的熱度才可以開空調，這兩天其實還未到點，但你們說熱得無法入睡，我們也盡量滿足你們的要求，十時就開了冷氣，可是入睡之後關掉空調有甚麼問題呢？"我們明白了，同志們根本沒有用冷氣的觀念。我們只好耐心解釋："如果沒有冷氣，大家都會開了窗睡，開冷氣就得關窗，半夜停止空調，空氣不流通，人會悶得窒息。"

雖然認為我們的要求"無理"，當天半夜卻也沒有停冷氣了。不過，第二天早上五時多大家還是給悶熱醒。再去交涉，這回經理就更覺委屈："你們說冷氣要整夜開，也破例開了，我們是在早上起來之後才停機的！"她是對的，員工們五時就都起身工作了，可我們是遊客，不是員工呀！

四分之一世紀之後，我住的旅館再沒有關空調的事情，反而是我追不上現代化了。客房的馬桶是電子的，坐板調至暖和，還有各種洗屁股（還分男女的）、吹風等功能按鈕！可惜太複雜，我按來按去都不懂得怎樣用。趁服務員打掃時請教之，原來十分簡單："壞了！"

到知味觀吃點心，我又碰到自己"老土"的小事。兩百年老店知味觀如今已是現代快餐店，我買了票排隊等即蒸蟹粉小籠包。等到包子出爐，服務員竟先給排在我後面的人。我抗議："我比她先的！"服務員說："她刷卡，電腦傳過來的單子比你早！"由此我懂了，買一張儲值消費卡，買遊船票、參觀博物館、吃茶、玩遍西湖全都可以刷卡。

長時間落後，奮發起來有後發優勢，硬件立竿見影，軟件、人才和觀念方是關鍵。這點杭州還是喜的，最少沿湖正在建築的大旅館都沒有平地拔高影響景觀的缺點；如果破壞了景觀，西湖還有甚麼呢？中國很多地方現代化是虛有其表，但杭州從微細處也可以見出內涵，例如魚兒重生，才真見湖的乾淨，又例如湖邊的公廁，杭州就走在中國現代化的前頭。先是公廁充足，而每座建築設計不同，甚至可以說雅致得不像公廁，工人不斷打掃，裏面的清爽乾淨，洗手盆還有放上瓶花的！可是乾乾淨淨的西湖邊，又居然多了一個樓外樓養魚排，大煞風景還在其次，為何會如此才是值得思考的。

今天西湖邊建設雖好，我不過分樂觀，還要拭目以待。這次遊西湖如此美好，皆因我有緣獨覽；人少，甚麼都可以弄得很好，但這不是平常。究竟是否能夠做得好，得看"平常"時候，要看沿湖一家接鄰一家的大旅館落成之後，遊人擠擁之時。好友們常常開玩笑說妒忌我幸運，好的人好的物事總是給我遇上。我希望這次得着好印象，並不只是我幸運而已。

宮島

古樸且充滿大自然情調的宮島（舊名嚴島），為日本歷史上"嚴島之戰"的古戰場。島上氣候溫暖，景色宜人，隨處可見古老的神社、佛寺，富有民族傳統。其中最負盛名的是嚴島神社和大鳥居，前者曾被尊奉為"海上守護神"，後者意為進入神社之門，據傳是為歡迎海中諸神駕臨島上而設。此外，大願寺的五重塔，與五重塔並列的千疊閣等也是各有特色。

四個不同類型的日本人

小思

滿街碰面都是日本人，並不認識任何一個，那沒有甚麼出奇。不懂得日文，卻有機會跟四個不同類型的日本人"交談"，就該算是奇遇了。這四個人，從不同的地方給我遇上了，他們如此強烈差異，勾畫出四副日本人面譜，增添了我旅程體驗，實在意想不到。

一

記得剛到達日本的第三天，在東照宮的門前，參觀的人多得密密麻麻，要分批才能進去。我和幾個隊友參觀完畢，還要等其他隊友，就站在門前指指劃劃説笑。突然，我發現一個六七十歲的日本老婦人頻頻對着我們微笑點頭，起初以為她錯認了人，但禮貌上還是跟她笑了笑，打個招呼。不知怎的，她竟忍不住用日語對我們開腔了。不懂得她説甚麼，但在她的目光中，可以察覺絲絲的愉悦和溫情。幸而團長在旁，就跟她交談起來，也給我們翻譯了。原來，在二十多年前，中日正式宣戰後，許多中國留日學生都因戰爭關係，跟家人斷了接觸，也失去了接濟，生活十分徬徨。她丈夫是大學裏當教授的，家裏就收容了好幾個中國學生。而這幾個學生都很可愛，叫她很難忘記，因此，見到一群中國青年人，她又重拾一股暖暖的回憶。這個老女人，在戰亂中，給敵國學生一次援手，是人類的善性透露，雖然，比起殺人盈野的戰爭，那簡直纖弱得像空氣中一顆微塵，但我依舊好好看了她一眼。

二

　　日本政府在全國著名旅遊區，都建有一些國民宿舍，以便國民及外國文教團體，以低廉代價去享受一宿兩餐的旅遊生活。在廣島，我們就住在一所這樣的宿舍裏。早上不到六時，我正和朋友坐在客廳中看電視，一個中年日本男人，頸項圍住白毛巾，像剛晨操回來，見到我們，便坐下來嘀咕談起來，這弄得我們手足無措，只好擺手搖頭表示我們不懂日文了。原來，他誤會我倆是日本學生，還以為是從東京到廣島去參加示威的呢！

"哦！中國人！"他用不純正的國語説完這句話後，便匆匆跑了出去，不久，又匆匆拿着紙筆跑回來，如此，我們便開始一段有點兒莫名其妙的筆談！由於他不懂英文，國語也僅得幾個詞彙，漢字嗎？加起來的詞句就偏叫人不懂，談話內容便顯得斷斷續續。起初，他只問我們到日本來好玩麼、住得慣吃得慣麼等問題，也忘卻怎樣提起了中國，他就很熱烈地告訴我：他到過中國——遠在三十多年前曾在漢口的日本領事館工作，第一個戀人是中國女孩子……。三十多年前到過中國？我再無法集中注意力跟他談了，瞥見他左頰和左手背都隱約有一道長長疤痕，算我想得太遠，在中國，他幹過甚麼呢？竟然，在還未得到正確答案前，我已經自以為是的生氣起來。看着他熱切地談、溫和地笑，自己卻小人之心地胡猜，真不知道自己應該怎樣做，巴不得趕快結束這段談話。幸而，早餐時間到了，我們便向他道別，也滿以為這一面緣可以告終。怎料，快上旅遊車時，他竟攜來生果和禮物，要送給我們，還帶同他的媽媽、妻子、子女在露台上給我們送行，這可把我們嚇呆了！隊友們更有點"騷動"，不奇怪，香港人受不慣如此熱情，連我自己在內，到如今，仍然在猜想他那番行動有甚麼含意。

以上兩個都是對中日戰爭有親歷經驗的上一輩日本人。想不到，幾天後，我們又碰上了兩個不超過二十五歲的日本青年人。

三

一個大清早，我們趕路到宮島去，看建在水裏的紅木大鳥居，看一年一度的嚴島神社大祭。大鳥居就是大鳥居，跟平常見到的沒多大分別，不過築在水上就是了。神社大祭真像香港天后誕，全島居民都盛裝參神去。大街上擺滿賣物小攤子，海上又有賽船節目，果然是到處節日氣氛。聽人說大街上有所郵政局，恰巧創業百年慶典，有許多紀念郵戳讓遊人留印紀念，我們便跑去湊個熱鬧了。

　　小郵局裏擁滿等候蓋印的人，好容易才把十多個刻有精細圖畫的印蓋完，回過頭來，卻看見我的朋友正跟一個日本青年人又寫又講。那是個很典型的日本都市青年——一頭長而帶曲的頭髮、文化恤、牛仔褲、牛仔帽，一面嚴謹而缺乏溫和的表情，遠看去他真像正跟我的朋友在吵架呢！連忙趕上前去，剛聽到他用沒有文法的日式英語說：“日本不好，中國十分十分好。”原來，他知道我們是中國人，自動跑上來找機會談話的。他告訴我們去年夏天曾到大陸去，到過廣州、北京、長沙、南京……見過郭沫若。由於他的英語國語都很蹩腳，漢字詞彙又不夠用，我們很吃力才聽明白他所說的。但他似乎並不理會我們明白不明白，情急起來連日語也用上了。“中國十分十分好，明年我會再去！”他重複了這句話不知多少次，又從背囊裏拿出一頂草綠色的解放軍軍帽，說是在湖南長沙韶山買的。一會兒，又拿出一本毛語錄，興奮地翻給我們看中國朋友為他寫的紀念句子。看他的神情簡直像朝聖回來的模樣。面對一個如此熱愛中國的外國人，我們顯得有點不知所措，能說些甚麼呢？何況，他那急躁得橫蠻的“演講”，根本別人沒法插嘴。本來，我想問他“日本不好”的原因的，但終於等到我們歸隊時間到了，還找不着一個際去打斷他的話。說

再見以後，他直直站在郵局門前看着我們走，留給我一個始終沒有笑過的嚴謹面容。

四

　　在阿蘇山腳下，大阿蘇國民宿舍面對的風光，可以說得上壯美，爽朗的天氣更叫人精神大振。那天晚上，我跟朋友在客廳裏聊天，正談及宮島上碰見的青年是日本新左翼份子呢還是中國迷，坐在沙發對面一個青年人竟又自動跑上來打招呼了。他的打扮跟宮島青年差不多，不同的只是滿面溫和而傻傻的笑容。首先，他也用寫漢字講英語的方式，告訴我們他的名字，是近畿大學商學院二年級學生，地址，和家鄉情況，更熱切地介紹日本名勝，說日本怎樣怎樣美好；歡迎我們到他的國家來。突然，他又問香港有沒有"Radio"，我一下子搞不清楚他想知道甚麼，説來説去，才知道他是業餘無線電通訊員，有個國際性電訊呼號，自己擁有電訊收發機，可以跟世界各地通訊，那也是他最大的興趣。後來，他還把同行的同學介紹給我們認識，也是個乖得有點呆的日本人。斷斷續續地談，到快要道別時，他要求我們給他通訊地址。這真可嚇壞了！在香港，我們絕不會把地址姓名告訴陌生人的，該怎辦？我有點躊躇，但想到人家大大方方，自己卻畏首畏尾，恐怕惹人誤會中國人是小家相，就只好硬着頭皮寫了。分手後，我的朋友自言自語説："奇怪！兩天內碰上兩個絕不同類型的青年人，真太巧了！"是的，對於一個過客，這種遭遇實在太巧了！

一九七一、十二、二十四　　　● 31

泰姬陵

　　世界七大建築奇跡之一的泰姬陵，是蒙古人建立的莫臥兒王朝的皇帝為心愛的皇后而建，由於建築成就高，早已成為印度的代表性建築物。泰姬陵的主體建築用純白大理石砌建，牆壁用寶石、螺鈿鑲就花草圖案，是波

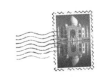

斯風格。陵前清澈的水道是伊斯蘭建築特色。泰姬陵的白大理石，因應光線而變化，清晨靜謐安詳，中午光彩奪目，傍晚嫵媚動人，深夜清雅出塵。

泰姬陵記遊

季羨林

　　阿格拉是有名的地方，有名就有在泰姬陵。世界輿論説，泰姬陵是不朽的，它是世界上多少多少奇跡之一。而印度朋友則説："誰要是來到印度而不去看泰姬陵，那麼就等於沒有來。"

　　我前兩次訪問印度，都到泰姬陵來過，而且兩次都在這裏過了夜。我曾在朦朧的月色中來探望過泰姬陵。整個陵寢在月光下幻成了一個白色的奇跡。我也曾在朝暾的微光中來探望過泰姬陵，白色大理石的牆壁上成千上萬塊的紅綠寶石閃出萬點金光，幻成了一個五光十色

的奇跡。總之，我兩次都是名副其實地來到了印度。這一次我也決心再來；否則，我的三訪印度，在印度朋友心目中就成了兩訪印度了。

同前兩次一樣，這一次也是乘汽車來的。車子從新德里出發，一直到黃昏時分，才到了阿格拉。泰姬陵的白色的圓頂已經混入暮色蒼茫之中。我們也就在蒼茫的暮色中找到了我們的旅館。從外面看上去，這旅館磚牆剝落，宛如年久失修的莫臥兒王朝的廢宮。但是裏面卻是燈光明亮，金碧輝煌，完全是另一番景象。房間都用與莫臥兒王朝有關的一些名字標出，使人一進去就彷彿到了莫臥兒王朝；使人一睡下，就能夠做起莫臥兒的夢來。

我真的做了一夜莫臥兒的夢。第二天一大早，我們就趕到泰姬陵門外。門還沒有開。院子裏，大樹下，彌漫着一團霧氣，摻雜着淡淡的花香。夜裏下過雨，現在還沒有晴開。我心裏稍有懊惱之意：泰姬陵的真面目這一次恐怕看不到了。

但是，突然間，雨過天晴雲破處，流出來了一縷金色的陽光，照在泰姬陵的圓頂上，只照亮一小塊，其餘的地方都暗淡無光，獨有這一小塊卻亮得透天眼。我們的眼睛立刻明亮起來：難道這不就是泰姬陵的真面目嗎？

我們走了進去，從映着泰姬陵倒影的小水池旁走向泰姬陵，登上了一層樓高的平台，繞着泰姬陵走了一周，到處瞭望了一番。平台的四個角上，各有一座高塔，尖尖地刺入灰暗的天空。四個尖尖的東西，襯托着中間泰姬陵的圓頂那個圓圓的東西，兩相對比，給人一種奇特的美。我想不出一個適當的名詞來表達這種美，就叫它幾何美吧。後面下臨閻牟那河。河裏水流平緩，有一個不知甚麼東西漂在水裏面，一群禿鷲和烏鴉趴在上面啄食碎肉。禿鷲們吃飽了就飛上欄杆，成排地蹲在那裏休息，傲然四顧，旁若無人。

　　我們就帶着這些斑駁陸離的印象，回頭來看泰姬陵本身。我怎樣來描述這個白色的奇跡呢？我腦筋裏所儲存的一切詞彙都毫無用處。我從小唸的所有的描繪雄偉的陵墓的詩文，也都毫無用處。"碧瓦初寒外，金莖一氣旁。山河扶繡戶，日月近雕樑。"多麼雄偉的詩句呀！然而，到了這裏卻絲毫也用不上。這裏既無繡戶，也無雕樑。這陵墓是用一塊塊白色大理石堆砌起來的。但是，無論從遠處看，還是從近處看，卻絲毫也看不出砌的痕跡，它渾然一體，好像是一塊完整的大理石。多少年來，我看過無數的泰姬陵的照片和繪畫，但是卻沒有看

到有任何一幅真正照出、畫出泰姬陵的氣勢來的。只有你到了泰姬陵跟前，站在白色大理石鋪的地上，眼裏看到的是純白的大理石，腳下踩的是純白的大理石，陵墓是純白的大理石，欄杆是純白的大理石，四個高塔也是純白的大理石。你被裹在一片純白的光輝中，翹首仰望，純白的大理石牆壁有幾十米高，彷彿上達蒼穹。在這時候，你會有甚麼樣的感覺，我不知道。反正我自己彷彿給這個白色的奇蹟壓住了，給這純白的光輝網牢了，我想到了蘇東坡的詞：「瓊樓玉宇，高處不勝寒。」我自己彷彿已經離開了人間，置身於瓊樓玉宇之中。有人主張，世界上只有陰柔之美與陽剛之美，把二者融合起來成為渾然一體那種美，只應天上有。我眼前看到的就是這種天上的美。我完全沉浸在這種美的享受中，忘記了時間的推移。等到我從這瓊樓玉宇中回轉來時，已經是我們應該離開的時候了。

從泰姬陵到紅堡是一條必由之路。我們也不例外，我們就到了紅堡。限於時間，我們只匆匆地走了一轉。莫臥兒王朝的這一座故宮，完全是用紅砂岩築成的。如果說泰姬陵是白色的奇蹟的話，那麼這裏就是紅色的奇蹟。但是，我到了這裏，最關心的卻是一塊小小的水晶。據說，下令修建泰姬陵的沙扎汗，晚年被兒子囚了起來。他本來還準備在閻牟那河這一邊同河對岸泰姬陵遙遙相對的地方，修建一座完全用黑色大理石砌成的陵墓，如果建成的話，那將是一個不折不扣的黑色的奇蹟，然而在這黑色的奇蹟出現以前，他就失去了自由，成為自己兒子的階下囚。他天天坐在紅堡的一個走廊上，背對着泰姬陵，凝神潛思，忍憂含悲，目不轉睛地注視着鑲嵌在一個柱子上的那一塊水晶，裏面反映出整個泰姬陵的影像。月月如此，天天如此，這位孤獨的老皇帝就這樣度過了他的殘生。

這個故事很有些浪漫氣息。幾百年來，也打動了千千萬萬好心人的心弦，滴下了無數的同情之淚。但是，我卻是無淚可滴。我上一次來的時候，印度朋友曾告訴過我，就在這走廊下面那一片空地上，莫臥兒皇帝把囚犯弄了來，然後放出老虎，讓老虎把人活活地吃掉。他們坐在走廊上怡然欣賞這一幕奇景。這樣的人，即使被兒子囚起來，我難道還能為他流下甚麼同情之淚嗎？這樣的人，即使對死去的愛姬有那麼一點情意，這種情意還值得幾文錢呢？我正在胡思亂想的時候，紅堡城牆下長着肥大的綠葉子的樹叢中，虎皮鸚鵡又吱吱喳喳叫了起來。這種鳥在中國是會被當作珍禽裝在籠子裏來養育的。但是在阿格拉，卻多得像麻雀。有那麼一個皇帝，再加上這些吱吱喳喳的虎皮鸚鵡，我的遊興已經索然了。那些充滿了浪漫氣氛的故事對於我已經毫無吸引力了。

我走下了天堂，回到了現實。人間和現實是充滿了矛盾的；但是它們又確實是美的。就是在阿格拉也並非例外。27 年前，當我第一次到阿格拉來的時候，我在旅館中遇到的一件小事，卻使我憶念難忘。現在，當我離開了泰姬陵走下天堂的時候，我不由得又回憶起來。

我們在旅館裏看一個貧苦的印度藝人讓小黃鳥表演識字的本領。又看另一個藝人讓眼鏡蛇與獴決鬥。兩個小動物都拼上命互相搏鬥，大戰了幾十回合，還不分勝負。正在看得入神的時候，我瞥見一個印度青年在外面探頭探腦。他的衣着不像一個學生，而像一個學徒工。我沒有多加注重，仍然繼續觀戰。又過了不知多少時候，我又抬頭，看到那個青年仍然站在那裏，我立刻走出去。那個青年猛跑了幾步，緊緊地抓住了我的手，我感覺到他的手有點顫抖。他遞給我一個極小的小盒，透過玻璃罩可以看到，裏面鋪的棉花上有一粒大米。我真有點吃驚了。這一粒大米有甚麼意義呢？青年打開這小盒，把大米送到我眼底下，大米上寫着"印中友誼萬歲"幾個字，只能用放大鏡才能看得清楚。他告訴我，他是一個學徒工，最熱愛新中國，但卻從來沒有機會接觸一個中國人。聽説我們來了，他便帶了大米來看我們。從早晨等到現在，中午早已過了，但是幾次被人攆走。現在終於見到中國朋友了，他是多麼興奮啊！我接過了小盒，深深地被這個淳樸的青年感動了。我握住了他的手，心裏面思緒萬千，半天沒有説出話來。我一直目送這個青年的背影消失在大街上熙熙攘攘的人群中，才轉回身來。

　　泰姬陵是美的，是不朽的。難道説這件小事不比泰姬陵更美，更不朽嗎？到現在，已經過了 27 年，在人的一生中，27 年是一段漫長的時間，可是，不管我甚麼時候想起這件小事，那個學徒工的影像就栩栩如生地浮現在我的眼前。現在他大概都有四五十歲了吧。中間滄海桑田，世間多變。但是我卻不相信，他會忘掉我，忘掉中國，正如我不會忘掉他一樣。據我看，這才是真正的不朽，是不朽的泰姬陵無法比擬的不朽。

馬來西亞

　　馬來西亞是熱帶旅遊樂園。這裏陽光充足，陸上滿佈熱帶雨林，生長着不少珍稀的動植物。綿長的海岸線，蔚藍的海水、細白的沙灘、奇特的海島令人迷戀。花馬來民族古老的風俗中，還有印度人和華人的影響。馬六甲是中國人追尋鄭和足跡的重要驛站，也是歐洲人東來航線的必經之地。

馬六甲遊記

郁達夫

　　為想把滿身的戰時塵滓暫時洗刷一下，同時，又可以把個人的神經，無論如何也負擔不起的公的私的積累清算一下之故，毫無躊躇，飄飄然駛入了南海的熱帶圈內，如醉如痴，如在一個連續的夢遊病裏，渾渾然過去的日子，好像是很久很久了，又好像是有一日一夜的樣子。實在是，在長年如盛夏，四季不分明的南洋過活，記憶力只會一天一天的衰弱下去，尤其是關於時日年歲的記憶，尤其是當踏上了一定的程序工作之後的精神勞動者的記憶。

　　某年月日，為替一愛國團體上演《原野》而揭幕之故，坐了一夜的火車，從新加坡到了吉隆坡。在臥車裏鼾睡了一夜，醒轉來的時候，填塞在左右的，依舊是不斷的樹膠園，滿目的青草地，與在強烈的日光裏反射着殷紅色的牆瓦的小洋房。

揭幕禮行後，看戲看到了午夜，在李旺記酒家吃了一次朱植生先生特為籌設的宵夜筵席之後，南方的白夜，也冷悄悄的釀成了一味秋意，原因是由於一陣豪雨，把路上的閒人，盡催歸了夢裏，把街燈的玻璃罩，也洗滌成了水樣的澄清。倦遊人的深夜的悲哀，忽而從駛回逆旅的汽車窗裏，露了露面，彷彿是在很遠很遠的異國，偶爾見到了一個不甚熟悉的同坐過一次飛機或火車的偕行夥伴。這一種感覺，已經有好久好久不曾嚐到了，這是一種在深夜當遊倦後的哀思啊！

第二天一早起來，因有友人去馬六甲之便，就一道坐上汽車，向南偏西，上山下嶺，盡在樹膠園椰子林的中間打圈圈，一直到過了丹平的關卡以後，樣子卻有點

不同了。同模型似地精巧玲瓏的馬來人亞答屋的住宅，配合上各種不同的椰子樹的陰影，有獨木的小橋，有頸項上長着雙峰的牛車，還有負載着重荷，在小山坳密林下來去的原始馬來人的遠景，這些點綴，分明在告訴我，是在南洋的山野裏旅行。但偶一轉向，車駛入了平原，則又天空開展，水田裏的稻杆青葱，田塍樹影下，還有一二皮膚黝黑的農夫在默默地休息，這又像是在故國江南的曠野，正當五六月耕耘方起勁的時候。

到了馬六甲，去海濱"彭大希利"的萊斯脱‧好塢斯（Rest House）去休息了一下，以後，就是參觀古跡的行程了。導我們的先路的，是由何葆仁先生替我們去邀來的陳應楨、李君俠、胡健人等幾位先生。

我們的路線，是從馬六甲河西岸海濱的華僑銀行出發，打從聖弗蘭雪斯教堂的門前經過，先向市政廳所在的聖保羅山，亦叫作升旗山的古聖保羅教堂的廢墟去致敬的。

這一塊周圍僅有七百二十英里方的馬六甲市，在歷史上、傳說上，卻是馬來半島，或者也許是南洋群島中最古的地方，是在好久以前，就聽人家説過的。第一，馬六甲的這一個馬來名字的由來，據説就是在十四世紀中葉，當新加坡的馬來人，被爪哇西來的外人所侵略，酋長斯干達夏率領群眾避至此地，息樹蔭下，偶問旁人以此樹何名，人以"馬六甲"對，於是這地方的名字，就從此定下了。而這一株有五六百年高壽的馬六甲樹，到現在也還婆娑獨立在聖保羅的山下那一個舊式棧橋接岸的海濱。枝葉紛披，這樹所覆的蔭處，倒確有一連以上的士兵可紮營。

此外，則關於馬六甲這名字的由來，還有酋長見犬鹿相鬥，犬反被鹿傷的傳説；另一説，則謂馬六甲，係爪哇語“亡命”之意。或謂係爪哇人稱巨港之音，巫來由即馬六甲之變音。

這些倒還並不相干，因為我們的目的，只想去瞻仰那些古時遺下來的建築物，和現時所看得到的風景之類；所以一過馬六甲河，看見了那座古色蒼然的荷蘭式的市政廳的大門，就有點覺得在和數世紀前的彭祖老人説話了。

這一座門，盡以很堅強的磚瓦疊成，像低低的一個城門洞的樣子；洞上一層，是施有雕刻的長方石壁，再上面，卻是一個小小的鐘樓似的塔頂。

在這裏，又不得不簡敍一敍馬六甲的史實了；第一，這裏當然是從新加坡西來的馬來人所開闢的世界，這是在十四世紀中葉的事情。在這先頭，從宋代的中國冊籍《諸藩誌》裏，雖可以見到巨港王國的繁榮，但馬六甲這一名，卻未被發現。到了明朝，鄭和下西洋的前後，馬六甲就在中國書籍上漸漸知名了，這是十四世紀末葉的事情。在十六世紀初年，葡萄牙人第奧義·洛泊斯特·色開拉 —— (Diogoni Lopesde Segueira) 率領五艘海船到此通商，當為馬六甲和西歐交通的開始時期。一千五百十一年，馬六甲被亞兒封所·達兒勃開兒克 (Alfonsod' Dibugergue) 所征服以後，南洋群島就成了葡萄牙人獨佔的市場。其後荷蘭繼起，一千六百四十一年，馬六甲便歸入了荷人的掌握；現在所遺留的馬六甲的史跡，以荷蘭人的建築物及墓碑為最多的原因，實在因為荷蘭人在這裏曾有過一百多年繁榮的歷史的緣故。一七九五年，當拿破侖戰爭未息之前，馬六甲管轄權移歸了英國東印度公司。一八一五年因維也納條約的結果，舊地復歸還了荷屬，等一八二四年的倫敦會議以後，英國終以蘇門答臘和荷蘭換回了這馬六甲的治權。

關於馬六甲的這一段短短的歷史，簡敍起來，也不過數百字的光景，可是這中間的殺伐流血，以及無名英雄的為國捐軀，為公殉義的偉烈豐功，又有誰能夠仔細說得盡哩！

所以，聖保羅山下的市政廳大門，現在還有人在叫作"斯泰脫乎斯"的大門的，"斯泰脫乎斯"者，就是荷蘭文──（Stadt-Huys）的譯音，也就是英文TownHouse或City-House 的意思。

我們從市政廳的前門繞過，穿過圖書館的二樓，上閱兵台，到了舊聖保羅教堂的廢墟門外的時候，前面那望樓上的旗幟已經在收下來了，正是太陽平西，將近午後四點鐘的樣子。偉大的聖保羅教堂，就單單只看了它的頹垣殘壘，也可以想見得到當日的壯麗堂皇。迄今四五百年，雨打風吹，有幾處早已沒有了屋頂，但是周圍的牆壁，以及正殿中上一層的石屋頂，仍舊是屹然不動，有泰山磐石般的外貌。我想起了三寶公到此地時的這周圍的景象，我又想起了我們大陸國民不善經營海外殖民事業的缺憾；到現在被強鄰壓境，弄得半壁江山，盡染上腥污，大半原因，也就在這一點國民太無冒險心，國家太無深謀遠慮的弱點之上。

市政廳的建築全部，以及這聖保羅山的廢墟，聽說都由馬六甲的史跡保存會的建議，請政府用意保護着的；所以直到了數百年後的今日，我們還見得到當時的荷蘭式的房屋，以及聖保羅教堂裏的一個上面蓋有小方格鐵板的石穴。這石穴的由來，就因十六世紀中葉的聖芳濟（St. Francis Xavier）去中國傳教，中途病故，遺體於運往臥亞（Goa）之前，曾在此穴內埋葬過五個月（一五五三年三月至同年八月）的因緣。廢墟的前後，盡是墳塋，而且在這廢墟的堂上，聖芳濟遺體虛穴的周圍，也陳列着許多四五百年以前的墓碑。墓碑之中，以荷蘭文的碑銘為最多，其間也還有一兩塊葡萄牙文的墓碑在哩！

參觀了這聖約翰山以後，我們的車就遵行着彭大希利的大道，它向了東面聖約翰山的故壘，這山頭的故壘，還是葡萄牙人的建築，炮口向內，用意分明是防止本地土人的襲擊的，炮壘中的塹壕堅強如故；聽說還有一條地道，可以從這山頂通行到海邊福脫路的舊壘門邊。這時候夕陽的殘照，把海水染得濃藍，把這一座故壘，曬得赭黑，我獨立在雉堞的缺處，向東面遠眺了一回馬來亞南部最高的一支遠山，就也默默地想起了薩雁門的那一首"六代豪華，春去也，更無消息"的金陵懷古之詞。

從聖約翰山下來，向南洋最有名的那一個飛機型的新式病院前的武極巴拉（Hukit Pala）山下經過，趕上青雲亭的墳山，去向三寶殿致敬的時候，平地上已經見不到陽光了。

三寶殿在青雲亭墳山三寶山的西北麓，門朝東北，門前幾顆紅豆大樹作旗幟。殿後有三寶井，聽說井水甘冽，可以治疾病，市民不遠千里，都來灌取。墳山中的古墓，有皇明碑紀的，據說現尚存有兩穴。但我所見到的卻是墳山北麓，離三寶殿約有數百步遠的一穴黃氏的古壘。碑文記有"顯考維弘黃公，妣壽妲謝氏墓，皇明壬戌仲冬穀旦，孝男黃子、黃辰同立"字樣，自然是三百年以前，我們同胞的開荒遠祖了。

晚上，在何葆仁先生的招待席散以後，我們又上中國在南洋最古的一間佛廟青雲亭去參拜了一回。青雲亭是明末遺民，逃來南洋，以幫會勢力而扶植僑民利益的最古的一所公共建築物。這廟的後進，有一神殿，供着兩位明代衣冠，鬚鬢楚楚的塑像，長生祿位牌上，記有開基甲國的甲必丹芳楊鄭公及繼理宏業的甲必丹君常李公的名字；在這廟的旁邊一間碑亭裏，聽説還有兩塊石碑樹立在那裏，是記這兩公的英偉事跡的，但因為暗夜無燈，終於沒有拜讀的機會。

走馬看花，馬六甲的五百年的古跡，總算匆匆地在半天之內看完了。於走回旅舍之前，又從歪斜得如中國街巷一樣的一條娘惹街頭經過，在昏黃的電燈底下談着走着，簡直使人感覺到不像是在異邦飄泊的樣子。馬六甲實在是名符其實的一座古城，尤其是從我們中國人看來。

回旅舍洗過了澡，含着紙煙，躺在迴廊的藤椅上舉頭在望海角天空的時候，從星光裏，忽而得着了一個奇想。譬如說吧，正當這一個時候，旅舍的侍者，可以拿一個名刺，帶領一個人進來訪我。我們中間可以展開一次上下古今的長談。長談裏，可以有未經人道的史實，可以有悲壯的英雄抗敵的故事，還可以有纏綿哀艷的情史。於送這一位不識之客去後，看看手錶，當在午前三四點鐘的時候。我倘再回憶一下這一位怪客的談吐、裝飾，就可以發現他並不是現代的人。再尋他的名片，也許會尋不着了。第二天起來，若問侍者以昨晚你帶來見我的那位客人（可以是我們的同胞，也可以是穿着傳教師西裝的外國人），究竟是誰？侍者們都可以一致否認，説並沒有這一回事。這豈不是一篇絕好的小說麼？這小説的題目，並且也是現成的，就叫作"古城夜話"或"馬六甲夜話＂，豈不是就可以了麼？

　　我想着想着，抽盡了好幾枝煙捲，終於被海風所誘拂，沉入到忘我的夢裏去了。第二天的下午，同樣的在柏油大道上飛馳了半天，在麻坡與峇株巴轄過了兩渡，當黃昏的陰影蓋上柔拂長堤橋面的時候，我又重回到了新加坡的市內。＂馬六甲夜話＂、＂古城夜話＂，這一篇—— Imaginary Conversations ——幻想中的對話錄，我想總有一天會把它紀敘出來。

斯里蘭卡

　　地圖上的斯里蘭卡（舊稱錫蘭），猶如印度半島的一滴眼淚。馬可波羅稱其為最美麗的島嶼，金色的海灘、鬱鬱蔥蔥的低地、壯觀的高山景致、芬芳的植物、奇異的野生動物、莊嚴的宗教遺跡、令人難忘的歷史古城……，全這顆 " 印度洋上的明珠 "，無處不賞心悅目，即便是街頭的風情，也以其陌生，帶給遊人新奇和喜悅。

遊錫蘭島

梁啟超

　　好幾年沒有航海，這次遠遊，在舟中日日和那無限的空際相對，幾片白雲，自由舒捲，找不出他的來由和去處。晚上滿天的星，在極靜的境界裏頭，兀自不歇的閃動。天風海濤，奏那微妙的音樂，侑我清睡。日子很易過，不知不覺到了哥倫波了。

　　哥倫波在楞伽島，這島土人叫他做錫蘭。我佛世尊，曾經三度來這島度人，第三次就在島中最高峰頂上，說了一部《楞伽大經》。相傳有許多眾生，天咧、人咧、神咧、鬼咧、龍咧、夜叉咧、阿乾闥咧、阿修羅咧，都跟着各位菩薩阿羅漢在那裏圍繞敬聽。大慧菩薩問了一百零八句

偈，世尊句句都把一個非字答了，然後闡發識流性海的真
理。後來這部經入中國，便成了禪宗寶典。

我們上岸遊山，一眼望見對面一個峰，好像四方城
子，土人都是四更天拿着火把爬上去禮拜，那就是世尊
說經處了。山裏頭有一所名勝，叫做坎第。我們傭輛汽
車出遊，一路上椰子檳榔，漫山遍谷，那葉子就像無數
的彩鳳，迎風振翼。還有許多大樹，都是蟠着龍蛇偃蹇
的怪藤，上面有些瑣碎的高花，紅如猩血。經過好幾處
的千尋大壑，樹都滿了，望下去就像汪洋無際的綠海。
沿路常常碰着些大象，像位年高德劭的老先生規行矩步
的從樹林裏大搖大擺出來。我們渴了，看見路旁小瀑
布，就去舀水吃，卻有幾位黝澤可鑒的美人，捧着椰
子，當場剖開，翠袖殷勤，勸我們飲椰乳。劉子楷新學
會照相，不由分說，把我們和"張黑女碑"照在一個鏡子

裏了，他自己卻逍遙法外。走了差不多四點鐘，到坎第了。原來這裏拔海已經三千尺，在萬山環繞之中，潴出一個大湖。湖邊有個從前錫蘭土酋的故宮，宮外便是臥佛寺。黃公度有名的《錫蘭島臥佛詩》，詠的就是這處。

從前我們在日本遊過箱根日光的湖，後來至瑞士，遊過勒蒙四林城的湖。日本的太素，瑞士的太麗，說到湖景之美，我還是推坎第。他還有別的緣故，助長起我們美感：第一件，他是熱帶裏頭的清涼世界，我們在山下，揮汗如雨，一到湖畔，忽然變了春秋佳日。第二件，那古貌古心的荒殿叢祠，喚起我們意識上一種神秘作用，像是到了靈境了。

我們就在湖畔宿了一宵，那天正是舊曆臘月十四，差一兩分未圓的月浸在湖心，天上水底兩面鏡子對照，越顯

出中邊瑩澈。我們費了兩點多鐘，聯步繞湖一匝。蔣百里說道：“今晚的境界，是永遠不能忘記的。”我想真是哩！我後來到歐洲，也看了許多好風景，只是腦裏的影子，已漸漸模糊起來，坎第卻是時時刻刻整個活現哩。

中間有一個笑話，我們步月，張君勱碰着一個土人，就和他攀談。談甚麼呢？他問那人你們為甚麼不革命，鬧得那人瞠目不知所對。諸君評一評：在這種瀟灑出塵的境界，腦子裏還是裝滿了政治問題，天下有這種殺風景的人嗎？

閒話休題，那晚上三更，大眾歸寢，我便獨自一個，倚闌對月，坐到通宵，把那記得的《楞伽經》默誦幾段，心境的瑩澄開曠，真是得未曾有。天亮了，白雲蓋滿一湖。太陽出來，那雲變了一條組練，界破山色，真個是“只好自怡悅，不堪持贈君”哩。

程期煎迫，匆匆出山，上得船來，離拔錨只得五分鐘了。

一本遊記改變世界
——《馬可波羅遊記》

　　在葡萄牙首都里斯本，有一本書的邊欄空白處寫滿了摘要和注釋。從這些摘要和注釋就可看出，讀書人對該書有着多麼濃厚的興趣，閱讀得又是多麼的仔細。這本書就是曾在威尼斯引發重大爭議，問世後被大量翻譯、出版，中世紀最暢銷、影響歐洲人最大的遊記書——《馬可波羅遊記》。摘要和注釋的人，就是發現美洲大陸的哥倫布。

　　《馬可波羅遊記》記錄了義大利人馬可‧波羅東來中國沿途所見的風土人情。重點記述了中國無窮無盡的財富、巨大的商業城市、良好的交通設施——華麗的宮殿建築以及元朝初年的政事等。

　　在當時的威尼斯人眼裏，《馬可波羅遊記》全是一派胡言，那個富有而奇妙的中國根本不存在，馬可‧波羅是個騙子。然而，這本遊記拓闊了另一些人的視野，包括哥倫布。哥倫布正是被書中所述東方的文明富庶，尤其是"黃金"所吸引，千方百計要從海路到達中國，結果開闢了由歐洲到美洲的新航線。葡萄

牙人達・伽馬也是受《馬可波羅遊記》的影響，開闢了歐洲通往印度的新航路。在他們的基礎上，麥哲倫完成了環球航行，證明了地圓學說。歐洲人對世界的認識有了很大突破。

新航線的開闢，打破了世界各大洲相對隔絕的狀態。從此，歐洲同非洲、美洲和亞洲之間的貿易日益發展。美洲的許多農產品，諸如玉米、馬鈴薯（土豆）、煙草、可可等，約在 16 世紀傳播到歐亞大陸；原產於非洲的咖啡，本來由阿拉伯人壟斷種植，歐洲人學會後，約在 18 世紀經海路轉到亞洲和美洲種植。西方人的飲食習慣隨之發生改變，歐洲的貿易中心也從地中海沿岸轉移到大西洋沿岸。隨着貿易的蓬勃發展，銀行制度和信貸服務也隨之產生，而以上變化均發生在《馬可波羅遊記》出版三個世紀之後。

新航線的開闢，對美洲、亞洲財富的嚮往，引發了西歐諸國的殖民擴張。先是葡萄牙、西班牙，接着是英、法、荷蘭等國。中國的澳門和香港曾分別被葡萄牙和英國統治，就是西歐國家擴張的結果！

隨着歐洲人的到來，美洲土著的命運也發生了改變。他們被迫到歐洲人的種植園服勞役，不少人在衝突中被屠殺。為了開發美洲殖民地，歐洲人還從非洲販賣黑人奴隸到美洲，開始人類近代史上罪惡的奴隸貿易。

此外，新航線的開闢還促進了海船、儀器和海圖等航海技術和海上武器的飛躍發展。東西方的交通和文化得到頻繁交流。

以上種種，追本溯源，都和《馬可波羅遊記》的影響有關。所以，《馬可波羅遊記》可以說是歷史上影響力最大的遊記，它影響了人類的歷史，改變了世界。

趣味重溫（1）

一、你明白嗎？

1. 試把本單元所介紹的下列名勝和其所歸屬的國家連線搭配。

<table>
<tr><td>宮島</td><td>日本</td></tr>
<tr><td>坎第</td><td>斯里蘭卡</td></tr>
<tr><td>黃山</td><td>馬來西亞</td></tr>
<tr><td>馬六甲</td><td></td></tr>
<tr><td>泰姬陵</td><td>印度</td></tr>
<tr><td>西湖</td><td>中國</td></tr>
</table>

2. 本單元七篇遊記中，記遊自然風光為主的是 _____ ，記遊人文景觀為主的是 _____ ，二者並重的是 _____ 。

a.〈杭州新妝競舊　隨緣獨覽西湖〉　　　b.〈遊黃山日記〉

c.〈四個不同類型的日本人〉　　　　　　d.〈泰姬陵記遊〉

e.〈馬六甲遊記〉　　　　　　　　　　　f.〈遊錫蘭島〉

3. 〈杭州新妝競舊　隨緣獨覽西湖〉一文材料很多，但都緊緊圍繞新妝競舊，隨緣獨覽這個主旨。試完成下列填空，看看杭州新妝如何競舊。

	杭州舊貌	杭州新妝
景		殘荷之外並無垃圾，部分地方可隱約見底。魚多起來了。現在清理好了，政府也管得嚴。
食	樓外樓酒家接待階級分明，名菜需預訂。	
住		電力充足，設備先進。

4. 試把下列各文和屬於該文的特點連線搭配。

〈遊錫蘭島〉　　　　　　　　　　　　多次運用對比

〈馬六甲遊記〉　　　　　　　　　　　多角度觀察和描寫

〈泰姬陵記遊〉　　　　　　　　　　　側重寫人

〈遊黃山日記〉　　　　　　　　　　　側重歷史掌故

〈四個不同類型的日本人〉　　　　　　寫出同遊者的性格

〈杭州新妝競舊　隨緣獨覽西湖〉　　　刻畫遊覽時的心路歷程

二、想深一層

1. 下列〈遊錫蘭島〉一文的四句話中，哪一句沒有比喻。

（a）我們僱輛汽車出遊，一路上椰子檳榔，漫山遍谷，那葉子就像無
　　　數的彩鳳，迎風振翼。

（b）那古貌古心的荒殿叢祠，喚起我們意識上一種神秘作用，像是到
　　　了靈境了。

（c）經過好幾處的千尋大壑，樹都滿了，望下去就像汪洋無際的綠
　　　海。

（d）沿路常常碰着些大象，像位年高德劭的老先生規行矩步的從樹林
　　　裏大搖大擺出來。

2. 遊記往往會綜合運用記敍、描寫、說明、議論和抒情等多種表達方
　 式，下列哪一段只用了一種表達方式。

　 a. 泰姬陵是美的，是不朽的。難道說這件小事不比泰姬陵更美，更
　　　 不朽嗎？——〈泰姬陵記遊〉

b. 諸君評一評：在這種瀟灑出塵的境界，腦子裏還是裝滿了政治問題，天下有這種殺風景的人嗎？——〈遊錫蘭島〉

c. 某年月日，為替一愛國團體上演《原野》而揭幕之故，坐了一夜的火車，從新加坡到了吉隆坡。——〈馬六甲遊記〉

d. 這個老女人，在戰亂中，給敵國學生一次援手，是人類的善性透露，雖然，比起殺人盈野的戰爭，那簡直纖弱得像空氣中一顆微塵，但我依舊好好看了她一眼。——〈四個不同類型的日本人〉

3. 試把〈遊黃山日記〉中的風景描寫和其觀察角度連線搭配。

天都和蓮花二峰的峰頂奇秀地
突出在半天雲裏。   中途所見

千山萬峰沒有一座不爬伏下邊，
時而露出青翠的峰頂，時而隱
沒在雲海。   山頂俯視

兩邊夾着一片一片的石峰，山
路在石峰之間曲曲彎彎地延伸。   山下仰望

三、延伸思考

1. 在亞洲地圖上標示出你想去的國家的位置，並寫出其國名。旅遊景觀總的來說，主要有兩種，一是風景秀美的自然風光，如黃山；一是或具歷史內涵、或富現代氣息的人文景觀，如泰姬陵。由你想去的亞洲國家的名單來看，你認為自己偏向欣賞哪一種？

2. 每次旅遊受具體的時間和地點限制，不一定如你所願，得見你所希望
   欣賞到的景物人情，你試過這樣的情況嗎？你怎樣反應？你能調整心
   情， 欣賞眼前所見嗎？

3. 自己規劃行程去旅遊，中途不免遇到艱難或疲累的時候，你曾經如何
   對待面前的困難？

4. 看了各種各樣的遊記寫法，如果要寫作〈我最想去的地方〉、〈意料
   之外的旅程〉、〈艱苦行程的發現〉，你會有困難嗎？ 如果有，請
   列出來。

梵爾賽宮

　　梵爾賽宮是法國路易王朝的離宮，當時法國在歐洲以文化藝術堅稱，因此梵爾賽宮也名滿歐洲，以建築、藝術品和花園聞名。這一座藝術寶庫有宏偉的十七世紀建築技術，處處精雕細琢的壁畫和雕像。尤其是四圍掛滿了鏡子的長鏡廊，裝璜金碧輝煌。以往夏日，皇宮後花園的無數噴泉會同時噴發，盡顯皇家的氣派。

遊梵爾賽宮

劉海粟

　　巴黎附近有很多的名勝足以供我們遊覽的地方，而最負盛名的是梵爾賽宮。梵爾賽是世界各國人士所憧憬的勝地，每日經過巴黎成千成萬的遊人，都要去看看梵爾賽。梵爾賽是一千六百二十四年那時候法國一位有名國王叫做路易十三的起頭建築起來。到路易十四就大加擴充改築，以後累代皆有增修。據説那周

圍凡三十五基羅米突（公里）費至五萬萬佛郎，法國人常常誇為環球第一的王宮。

在春假晴光明媚的時候，巴黎人是大都要出去旅行的；因此每年四月梵爾賽特別熱鬧。我們也就在此時去遊玩過兩次，玩得真是痛快。

四月二十五日清晨八點鐘由亞萊齊亞搭地道車到聖克羅，再從聖克羅換乘電車，大約在十點半鐘，就到梵爾賽宮。

"哪，前面屹立的建築，高聳的尖塔，大概就是梵爾賽宮呀！"劉抗君說。

大家一看他所指的那一面，果然，一片廣場裏，宏崇的建築毗連並立。一種莊嚴的氣象，撲上我們的眼裏來了。

我們走下電車，約略是沿着廣場北面走，在兩極邊看到許多很漂亮的旅舍、飯店和其他私人的別莊。最後是到達很高的金色的鐵欄，莊嚴的梵爾賽的宮牆是越加跑近我們這邊來了。鐵欄之內，又展開着一望無際的敞地。春天的陽光格外融和澄澈，在一片數百丈都以白石平鋪的敞地上閃耀着。那中間聳立着路易十四銅像，躍馬如生，這是後來法國人特造起這樣崇麗的雕刻，以見那有天才的國王的英姿的。

梵爾賽全部是用白石築成，宮高三層，橫長數十丈。從後面看去排成凹字一般的形勢，正面又分

做中左右宮門。中宮門突出，中間高處三十戶，左右略低，左右各三十七戶，有一千六百尺廣闊，每戶用兩石柱攢之，雕鑴之精，生平少見。中間聳起森嚴的宮樓，壓倒一切的顯着威嚴。這些光景，只在一瞬間，我們就發一聲驚嘆。大家更充滿着好奇心，像急不及待要快探那豐美的秘密的寶庫，我們就從右邊的宮門走進去，悠悠然踏進宮中。從樓下一直進去是長廊，在兩旁是繞列着許多石像，這是法蘭西歷代帝王和許多大人物的雄姿。

好一個宏崇壯麗的宮殿：地板是用無數的不同顏色的小木塊所砌成，結構起種種圖案，顯出光明的色澤，長二十餘丈；藻井都是壁畫，盤飾着的是燦耀輝煌的雕金；門窗都是厚玻璃，左右列白石雕像無數。這是從前路易十四的舞殿。那路易全盛時代，聚着諸侯貴族曳着綺羅的美女和名優，踏了這光耀的地板歌舞着的光景，還可以使人推想的。我們已經上樓了罷，盡走進去又是宴殿。哦，好龐大的三幅畫，畫的是拿破侖的授膺式，是拿破侖的馬上的雄姿。前一幅是達維（Jacques Louis David）的手筆，後一幅是他的得意門生格羅士（Gros）的手筆，還有一幅可不知名了。達維是拿破侖的首座宮廷畫師，這便是受了拿破侖的命令而成就了的巨作。是極意寫實的畫像，現在放在梵爾賽的大殿中，以供給世人瞻

Credit : GNU Free Documentation License

仰那大英雄的威儀的，同時也是美術史家們可貴的資料。畫幅是龐大得可觀，極複雜的構圖是可以使人看得暈眩，拿破侖站在左面，身上披着紅絨的外衣，舉起雙手，正在那裏訓話似的。環繞着的有幾十個的人物，手裏執着鷹頭旗幟都顯示十分虔誠的樣子。又一間大廳，四面刻金，設寶座，上有華蓋，外面有銅欄，這大約是當時皇帝召見之處吧。燦然的金的色調，也還足以使我們想像當時的嚴肅和榮華。後方那邊，是寢殿，有十幾處皆有臥牀，坐處倚處，陳設精美絕倫。几榻地毯都是路易十四原物。在別國博物院得其一几一榻，已為瑰寶。在這裏視之，真不足為奇了。穿過十餘殿，都是密密層層地排列着的壁畫，真是洋洋大觀了。因為太多了，那些作者的大名，我也不能一一記出，好在這裏決不是以畫的本身為重的。原意所着重的是在顯示着畫中所畫的事跡，所有法國以前帝王後妃的大禮大事圖，與各國戰爭圖都聚集在這裏，我只好將全部說個大概：你看這一張是大革命那時迫路易十六簽字退位之圖。哦，那張不是革命後兩黨相殺之圖嗎？其中有羅蘭夫人的像，羅蘭夫人秀美如蘭，令人傾倒。而焚香碎玉，芝艾同焚，無論賢愚才士，皆投一爐，我們俯仰其下，還覺得不勝慘痛哩！其他有路易十四即位圖，臨議院儀式圖，會西班牙王非臘第四渡來因河圖，拿破侖會俄王亞力山大圖。又一殿懸路易十六閱兵圖，一千八百五十六年各國使臣大集圖，拿破侖第三登位圖，我們仰觀於其間，有難於言表的一種莊嚴之感。他不論是生冤家死對頭，英帝霸王，賢主暴君，只要在歷史上闖過大禍的，他們就一一將他表現出來，這實在是一部嚴正的歷史啊。

是的，假使中國有一天要畫這類的歷史畫，我的主張是漢高祖明太祖的事跡固然要注意，而秦始皇的魄力，隋煬帝的天才，元太祖的威武，是更值得誇張的。本來嚴正的歷史是應該拿歷史的人物做標準，所以這法國的紫光閣「梵爾賽宮」，是將英主、暴君、學者、詩人的圖像事跡都等量齊觀的羅列起來。我繼續講我們的遊覽罷。走進又一殿，劈面就感到一股彩流的刺激，唔，彷彿是呂班、特拉克窪的畫。走前去仔細看時，的確是一幅特拉克窪的巨製。歐洲人稱為浪漫派的獅子的特拉克窪，他是具有多方面的才能的。他那強烈的色彩，熱情的表現，以一人之力，就將浪漫主義所要走的路一直走到頂點的。最早以阿剌伯人上畫的怕是特拉克窪吧。這裏的大壁畫，也是畫着法國人征服摩洛哥的歷史。前景的人物，多變而強烈的色調，悲痛的感情的表出那和諧的節奏如演劇般的感人。東方風物藻飾的戰爭畫，到這一幅恐怕已經到了終極的、純化的境地了。在那邊別有一幅征摩洛哥圖，約九丈長，摩洛哥王穿着黃衣，張着黃傘，轍亂旗靡，伏屍遍野，殺戮之慘，描寫盡致，我們看了也頗有所感的。使那樣的屠殺弱小民族，也決不是大法國歷史的光榮吧。一張拿破侖自俄出走圖，大雪遍地，烏黑的捲雲，氣象慘慘，拿氏臥枕於一卒之手，像歷史上的這怪傑已走入末路似的，我們看了也不覺同聲一嘆。一幅拿破侖助意戰奧奏凱還宮圖，一幅一八三二年法與荷蘭戰圖，一幅拿破侖第三戰意圖。可是我們終覺得這些戈戟森森，戰地慘慘的畫，終是缺少藝術上的深味似的。所經各殿，戰畫無數，不可勝錄也。這宏麗絕倫的宮苑，是萬國人眾遊覽的勝地。所以法國人將他們的偉大的人物和事跡，畫壁於是，以顯示他們歷史的榮光。在這裏，我忽然想到日本人的善於仿摹，不必論一切政治和學術的竭力學摹着歐人，那所謂明治神宮的四十幾張壁畫，也就像梵爾賽宮一部分小模型似的。再穿過數殿是戲院，文石為地，畫飾穹蓋，周環廂樓，五色文石為柱，雕鏤極精。舞台破風都是石刻飾金，瑰麗極了。後台高大無比，上部猶懸佈景數十幅，相傳路易十四的時候便每天演劇於此，以娛貴族諸侯的。我們踏進這戲院時，彷彿立刻就感到官能的愉快。這樣子，更令我感到那享樂的君主的奢侈生活中卻有促進藝術的興盛之偉力。

梵爾賽宮苑的全景，你最好是站在那正殿的最高層去俯瞰。你看那正殿前面的白石大平台，彷彿像北京太和殿前那樣：前部有兩個大噴池，這池是被許多男的女的老的小的種種水神的銅像環繞着的；水花怒噴如雲霧，左右繁植異卉奇木，綴成各樣不同的形象。降十級而至平地，正中是臘東大噴池（Bassin de Latone），中間最高處立裸體女像，這就是女神臘東的像。臘東是阿博洛神（Apollo）的母親——我先附帶說一句，臘東池是很宏大的，那中間圓形的石台有五層，每層上面都立着石雕的天使，和銅鑄的怪獸自口裏都噴出不同方向的如霧如浪的水花。幾十枝水花同時噴湧，無論是誰，總是嘆為奇觀的。周環又立石像無數，繁花石磴，上下環繞，花外環樹，樹高數丈剪齊作平形，極望十餘里，森鬱如一，臘東池前方那邊，綠茵十里，白石夾道，每十武列石像，綠茵盡處，則是所謂阿博洛池了（Bassin d'Apollo）。湛了漫漫的清水，映着蔚藍的太空。中間阿博洛神駕了四匹奔馬，這是法國有名的雕刻；這雕像的特色，在表出阿博洛神瞬間的動作，他那身體傾斜前向，頭面仰起，像注視着日輪的光明那樣。右手緊握着六彎，左手朝後與右手成正反對的姿勢。因此身體的急激運動，都表現出來了。四匹馬受着阿博洛神急激的駕御，便暴怒地在水面上狂奔。這姿勢是表現一瞬間的運動，極能得到充分的效果。路易十四的全盛時代，梵爾賽宮中齊集雕刻家達五十餘人之多，專門製作宮苑所御用的裝飾。所以現今我們無論在梵爾賽的那裏，總是看見很美很宏大的雕刻，我以為在歐美無論那一個的皇宮都不能比得上。就是中國北京的紫禁城，雖然是崇大、莊嚴，也到底不及這梵爾賽宮苑的滿佈着雕刻的光景。阿博洛池正對宮殿百丈外，更前作一長溪，互數里許，兩旁林木參天，其中皆開大路，汽車可以環行。園凡千英畝，噴水池八十，自長溪處回顧極目，綠天覆岡陵無際，那樣壯麗、開闊的形勢，真是使人吃驚的。

梵爾賽宮苑怎樣宏大的一個光景，決非我這枝拙筆所能形容描寫得盡致的。諸位若有遊過的人，或者也有這樣同感吧！而且，決非一二天可以遊遍的。我們遊得

Credit : GNU Free Documentation License

有興味了，就在那第二天，繼續到梵爾賽玩了一天。平常除各國的遊人，或極少數偶不去森林散步溪流划舟的學生之外，是很少巴黎人去的。然而到了春假的時候，更是禮拜的那一天，那真是踵接絡繹的巴黎人來了。這一次我們議決去甘露溪划船——我先附帶說一句，因為梵宮前面那條御河的流水清冽到甘露那樣，所以我就代它題了這個名字。——走進梵爾賽宮，就一直向園裏走，尤其是虎兒他是急於想嘗試那划小船，他彎着臂膊，只是喊着快……快……快走。拼命前奔，真是像水波裏的游魚那樣快樂。將要走到阿博洛池的時候，遠遠地就望見那清冽的溪水。不料鼓着氣走到溪邊，便不見有空的遊船的痕跡，只望見幾十隻玲瓏尖頭的遊划，在中流很匆忙的來來往往，使我們睜着了驚異的眼光。溪的兩岸是蔚密青葱的樹林，連綿十餘里，林中是汽車道馬道，路線極長，可以環繞宮前宮後。也有人是歡喜車遊的，尤其是溪邊的一條白石行人道，裏面襯着一遍綠茵，外面映着碧藍的清流，呈現着美秀和諧而有節奏的風調，更清清楚楚將法國人的特質在這裏出現。

"嗡！林下的咖啡店裏，雪白的桌椅，確是雅潔可愛。我們還是在這兒憩息一刻吧。"陳人浩君如此說。原來溪邊的林中設備着很漂亮的露天咖啡店，是預備遊人憩息眺望的。我們就依着陳君的提議坐咖啡店，一面等待空船。

不多久，二位少年駕了一葉扁舟迫近這邊來了，虎兒便跑前去操着法語大聲問道：

"這船可以給我們繼續划嗎？他們時間到了不？"

"唯！是的，可以給你們划了。"船主人這樣回答。那兩個少年上岸之後，我們就依次上船，劉抗操着槳向外努力前進，少頃便盪漾在這漫漫的大溪的中流了。溪水清冽，一根蘆草也沒有，真可以說是清白的本色。兩岸都是滴翠的漫着油似的綠樹，在水中反映着綠光，這是何等嫵媚的境界呀！我們坐在一葉扁舟裏，向上流去，和煦的春風徐徐吹來，我才覺得有心醉之感了。

我們順着河流盪漾，聽得兩岸林間悠揚的鳥語，遠眺着白石的梵宮，襯在蔚藍的太空之下，輝映得更其動目。我只是坐在船裏想，北京故宮的規模可說莊麗崇宏到極點了，但是終覺得沒有這樣輝煌、開朗。我想能夠想出這樣建築結構的人，總是偉大的思想家罷。在一瞬間，我們坐的小船陡然旋轉了一回，將我們傾動顛簸得很厲害，原來是一個少年急划着一隻尖銳的快船，竟將我們的坐船衝撞了。好在彼此都是輕飄的船身，只是在水面一旋並沒有甚麼反動力，否則也不免彼此落水吧。他竟就絕不回顧一直向前去了，我們受了陡然的激動，都目瞪口呆一句話也不說。

這裏的遊船，形式構造和西湖的白布篷的平底船既然不同，也更不是大明湖玄武湖那樣呆笨的方頭船；它那輕飄小巧，真是像隻蚱蜢，真不壞，比瑞士萊夢湖的遊船還小巧得多，但坐在裏面仍是很舒服。

今天真熱，中午以後，太陽射在身上幾乎如夏季一樣，水氣蒸發上去與樹林中排泄出來的青氣融解，是一種強烈、濃厚、令人倦怠的氣味。劉抗想叫，可是嚷不出，滿頭油油的都是汗："算了算了，太吃力了，換一個人操槳吧。"他似乎有求援的意思了。

"天有不測風雲"，這是一句名言；大約至三點鐘那時候，天氣突然變了，四面一陣一陣擁起黑雲，登時有幾條電光在空中飛舞，隆隆然的雷聲高低起伏不定，似貝多芬的音樂聲音，在我們頭上盤旋。此時許多小船上的遊人，如喝醉了似的，有狂歌的，嬉笑的，男的擁抱女的都在舟中狂吻，沒有一隻船因為那亂射的電光、隆隆的雷聲而起恐慌而想逃走。他們而且格外鼓舞起來了，他們的一種發狂得意將我們罩住，我們也不起一點恐慌，從容地仍向前進了。不多時，在電光與雷聲之後繼之以狂風，那清洌的溪水也登時變色了，波光綠影頃刻變成沉沉如死的黑水一般，浪花四濺，到此時一隻一隻的遊船像小雀般四向飛竄，但是他們仍在那裏高歌歡呼。於是，我們也到溪邊那一頭，在一叢鬱鬱的林子裏躲藏起來。

　　那真是有點沉重了；暴雨狂風席捲而來，滿天都是黑的、嚴重的，沒有一點兒光明。那暴雨浸透了我們的身體，那黑雲壓在我們的靈魂上，這真是有點嚴重了。很長久、很長久，風雨還是不息，好像一直要把我們帶進地獄裏去。我瞧着墨黑的天，我等候着，那真是長久，風雨終竟是息了，黑雲也退一些了，一線微光透入綠叢裏來了，同時一股寒氣和自己身上一股濕氣也來了。皮膚上、毛孔裏，怪難受的。林間的鳥兒也慢慢地叫了。於是我們將船中的積水略略傾出，仍舊坐在裏面划回去，韻士的頭上雨浸透她本來燙捲的頭髮，直向面龐垂下只是沾着她的眼皮，掠上去又下來了。還有許多同遊者也自行打開了船浮於中流，我終是瞧着他們的那些發狂的面目。

　　"我們雖然備嘗艱苦，但仍雅饒奇趣。"陳人浩君悠然地說。

　　是的，天朗氣清的梵爾賽固然不差，暴風雨而遊梵爾賽更是我們的一種得意，或者竟是傑作。在真的懂得人生，要徹底走到人間趣味底裏面去的人，就應該在這暴風雨裏面黑暗裏面去找趣味，甚至罪惡裏醜陋裏；因為這些裏面有更深的詩意，更奧蘊而激動的美，一輩普通的人專以山明水秀為美的，專以平面的行事為善的，這是並沒有真的懂得人生，更沒有味到人間深遠的意義上去的人。做人的目的不在做父親的有一個純良的好兒子，豐衣足食也決不能滿足你的理想，而在於各種更深的意義上去追求人間的趣味。所以德國的樂聖貝多芬就歡喜將暴雨狂風那般的音調作成樂譜，創造出激動、奮發、苦悶的表情，法國詩人鮑德萊爾（C.Baudelaire）更將淫猥的性慾的事實，赤裸裸毫無顧忌地描寫出來，讚美那罪和惡。近代大雕刻家羅丹喜歡讚美醜的，他的大作有不少被庸眾看為醜陋的淫惡的東西。我們走進羅丹美術館，在中間一室正中置着一座大作品就是"接吻"，這是一男一女裸體緊緊擁抱的姿勢。從各方面看來沒有一處的肉不在那裏顫動，這也是毫無顧忌表現性慾的作品。還有一座雕刻陳列在樓上，題名'La belle Casquettiere'的。是一個裸體的老婆子，撐着手俯首看着自己的身體，雞皮瘦骨，是十分醜陋的。他是要在普通以為醜陋中，認識一種頹廢的快感，或者毒的甘味來。

　　現代歐洲的藝壇，一輩惡魔主義的畫家，他們也是要描寫一切黑暗面，以表示惡魔的興感的。這些都沒有甚麼怪異，他們也不過是要徹到人間味的底裏去的人，猶

Credit : GNU Free Documentation License

如講究餚饌的人，是都愛吃異味的東西的——如中國人之愛吃臭腐乳、變蛋、酸辣菜，日本人之愛吃澤庵漬物。西洋人之愛吃牛酪——假使不能賞識那種異味的人，是沒有談論中國、日本，或西洋餚饌的資格的。……我們一路從梵爾賽宮苑向外面跑，我一路就是這樣嚕嚕不斷地和陳君講。走出梵宮後面大廣場的時候，空中的雲是被風颳散了，一條長虹從左面屋頂升起一直到右邊樹叢中落下，正成一個一百八十度的弧形，它那絢爛多變的色調，使得我們驚訝、迷惑。呵，這是我們的榮光，那一瞬間幻滅的榮光！

　　遊過梵爾賽宮以後，自己常常想，那樣宏大博異的苑囿，那樣瑰麗莊嚴的皇宮，非有天才而抱享樂主義的君主是不能做到的，非是"朕即國家"的，專制君權是不能做到的。是的，路易十四路易十五的時代，法國的政治已經到君權大盛的時候，專制威焰正是炙手可熱之時，那時宮廷生活的奢豪，也足以使我們驚嘆的。

　　單是給事宮殿有四千人，瑞士護兵守門衛兵九千零五人，——當時法國宮廷的守衛都是瑞士人，因為瑞士人忠誠不二之故。——王族家從二千餘人，總共一萬六千人。歲費二千萬，宮女飲食一年支八百萬。若不時之賞，中飽所得，則宮官俸入百數十，實得數千。宮女繁多，皆無職事，日事榮飾而已。御廚每年費一百四十六萬，膳夫二百九十五人。膳長歲入三萬四千，而酒費一項亦四百萬，魚鳥費四十萬。宮馬四千，輿輅二百二十，鑾衛壯丁一千五百人。御醫一千六百人。廄御歲費三百萬，俳優圍御牧犬，都住於宮旁。環繞近畿一百二十里是獵場，嚴禁人民出入，王與貴族，及時畋獵兔豕麋鹿無算，歲費四十八萬。從一七五五年到一七六九年，凡十四年之中，獵豕之役一百四十四次，射鹿之役一百三十一次，獵羊兔之役，二百六十六次，獵禽之役二十五次，每次五日或三日。別有離宮十二，歲費一百餘萬，修膳費八十餘萬。王每畋獵行幸，上自貴族宮人，下至侍從牧圍盡室從遊。每一日接從人之費，就須十萬。王十四年中除遊獵外，巡遊二百三十四次，王所私入歲二萬萬，王妃一指環值三百萬，近侍歲俸一千三百萬，這樣奢汰，至於吾國的帝王史上一頁一頁翻過去，只有隋煬帝唐明皇才可與之比擬咧。

路易十四的確是一個有天才的君主，他不但是個人的享樂主義，他從享樂中收攬大權，日為削封建抑滅貴族之策，收拾封建為關內侯之虛爵，特盛飾宮苑侈畋獵聲色遊娛，因而大集諸侯於關下，長夜為歡，以清談為高，以任職為鄙，隱隱地消失他們據土抗命的雄心，是無異一舉而滅十萬侯國，實行其君權之統一，而演出法蘭西君權全盛時代的榮華。可是，封建的隱患已消，而人民之疾苦未解，那時貴族們正把人民視如草芥，踐之蹈之而絕不動容，煎民膏，吸民血，專制的壓迫也正到了極點了。不過專制的壓力盡可以摧殘一般普通人的思想，而決不能阻止思想家的反抗。因此當時法國就出了一群大思想家，而為反抗這種專制政治的原動力，以造成後來法國的大革命。

地下水晶宮

峻　青

　　朋友，天下之大，真是無奇不有啊。今天，在離波
蘭的克拉科夫二十多公里的一座城市底下，像走進了一
個神話世界似的，我看見了一個非常奇怪的地方。這就
是維利茲卡鹽礦。朋友，你不要以為這是一個普通的像
煤礦一樣的鹽礦吧，不，這完全是一座地下的水晶宮。
更正確一點說，是一座完整的地下水晶城市。

　　真的，朋友，請你想像一下吧：這兒，在離開地面
幾百公尺的厚厚的黃色的土層下面，在巨大的深不可測
的堅硬而透明的鹽礦裏，有長達一百多公里的水晶似的
通道，有滿壁都是精細的浮雕的大教堂，有可以容納數

千人的寬闊的大廳，有巨大的藍色的湖泊和黑色的河流，有巍然屹立的玻璃似的岩石和燦爛發光的深邃的岩穴，有像從懸崖上倒垂下來的水晶樹似的鹽柱。⋯⋯

你說，朋友，這不是一座地下的水晶宮是甚麼？可是這個奇異的地方在地面上看來卻是如此之平常，絲毫也沒有甚麼與眾不同的地方。當我們的汽車在一所大房子門前停下來的時候，我簡直不能相信：這兒竟然就是鹽礦的入口處。這所大房子很像火車站的候車室，在屋子的當中，有一個小門，那兒是升降機，這個升降機和旅館裏用的沒有甚麼兩樣，所不同的是它不向大廳的上面開，而卻是開往幾百公尺的地底下去的。一位給我們做嚮導的老礦工帶着我們走進了升降機，一陣鈴響，陽光在我們的面前閃耀了一下，我們就沉入地層底下去了。像從一個絕陡的山崖上墜入無底的深淵裏似的，我只覺得我的身子一直地向下落、落、不斷地落。在這急遽的降落中，升降機裏的燈光從門縫裏射出去，又寒光閃閃地從雪亮的玻璃似的牆壁上返回來，使人覺得我們是在一個冷森森的冰窟裏降落。⋯⋯

升降機戛然一聲停住了，老礦工拉開了門，說：

"到了，現在我們是在離開地面二百多公尺的地下。"

我們走出了升降機，面前立刻呈現出一幅奇異的景像，雪亮的燈光，照耀着一條長長的白色的通道，這通道好像是在整塊的玻璃上鑿出來似的，它的上下左右都是玻璃似的牆壁，牆壁上有着許多霜花似的花紋，在燈光的照耀下，滿牆都放射着五彩繽紛的光芒，就好像是彩虹織成似的。這就是從鹽裏挖出來的通道，它的四面的牆壁全是鹽，空氣中也充滿了鹽味。從這條水晶似的通道，可以走遍鹽礦的各個地方，但是那至少也需要

三、四天的時間，因為它有一百多公里長，它所盤繞的範圍，比地面上的城市還要大。現在，我們也就從這條通道開始了地下水晶宮的遊覽。通道頂上，每隔不遠就裝着一隻電燈，把四周照得雪亮，我們順着通道一直往裏走。通道裏很靜，聽不到任何別的聲音，因為我們遊覽的這一部分不是開採的部分，而是專供人們遊覽參觀的，所以聽不到機器的轟鳴聲；又因為今天到這裏來遊覽的人很少，所以也聽不到人的喧鬧聲。我們靜悄悄地走着，那靜穆的氣氛，那輝煌的亮光，使人覺得是置身於一個神話般的世界。我們順着通道轉彎抹角地走了一會兒，路突然下降了，變成了許多樓梯似的台階，我們沿着台階一層層地向下走去，大約下了有三層樓那麼高，突然，像武陵漁人發現了別有洞天的桃源洞一樣，我們的面前豁然開朗，出現了一座輝煌燦爛的宮殿。這

簡直就像神話中所描敍的那種寶石綴成的王宮一樣，大廳的各處都閃爍着寶石似的光芒。老礦工告訴我們：這兒就是有名的聖金加教堂。它是礦工們的驕傲，是波蘭雕刻藝術的寶庫。因為這個教堂是從整個的鹽塊中鑿出來的，它的面積竟然如此之寬闊，長達七十公尺，寬五十公尺，高二十公尺。它的白玉似的“地板”上，也都雕着精細的花紋，乍看起來好像是由許多方塊大理石拼起來的，但實際上卻仍然是一片整體的鹽，在那雕着美麗的花紋的天花板上（天花板也是在整片的鹽上鑿出來的），懸掛着美麗的枝形的吊燈。如果不是反覆地仔細察看的話，我簡直就不能相信：這個和我們在第一流的豪華的客廳裏所看到的那種由許多小水晶塊串成的吊燈一模一樣的吊燈，竟然也是鹽雕成的。這應該説是一個奇跡，那幾千顆串在一起的像水晶球似的潔白透明的小鹽球，掛在那裏已經幾百年了，沒有風化，也沒有溶解，永遠是那麼潔白堅硬。教堂裏面的裝飾，幾乎和地面上的普通的教堂一樣，所不同的這兒全是從整塊鹽裏雕出來的，而不是任何別的東西做的。這兒有壇台、神几和許多聖像。而最高的一個是聖母像，大約有五、六尺高，燈光照耀着，這個透明的聖像就像是玻璃鑄成似的。教堂四面的牆壁上，有許多美麗的浮雕，就好像從白色的大理石上雕出來似的，光滑而又細緻。

特別引人注意的是左面牆壁上的那幅薄浮雕“最後的晚餐”，這是意大利名畫家達文西的那幅名畫的精妙的摹本。——聖金加教堂裏的一切之所以引人注意，並不完全是因為鑒賞者對這罕有的鹽上的雕刻抱着好奇的心情，更重要的還是由於這些雕刻的本身就有着極高的藝術價值。如果把這些稱之為波蘭雕刻藝術的寶藏的話，那是一點也不過分的。更值得注意的是，這個教堂裏的雕刻，並不是出於甚麼藝術大師之手，而是礦工馬科夫斯基弟兄二人的作品。關於這兩個人，人們知道的很少。只知道他們兩人是非常貧困的，教堂的雕刻，並非僱傭，而是出於他們對藝術的熱愛，這一艱巨的工程，花去了他們弟兄二人二十七年的勞動。他們從一八六九年開始，一直到一八九六年才最後完成。

走出聖金加教堂，又是彎彎曲曲的通道，走了一會兒，就聽到了嗡嗡的聲音，這聲音既不像人的吵鬧，也不像機器的喧囂，倒好像是巨風吹過空谷，群蜂飛出了蜂窩。這聲音越來越近了，一會兒竟然聽到了雜亂的腳步聲，我不禁詫異起來，但仔細一聽，卻原來是我們自己的腳步聲的回音，我咳嗽了一聲，前面也響起了巨大的良久不絕的回音。哦，聽這聲音，我們似乎是快要走到一個四面均是懸崖的空谷裏面了。可是，走了不久，我們就看見了，出現在我們面前的不是空谷，卻是一個巨大的藍色的湖泊。在那湖的四周，是筆直地矗立著的鹽的懸崖，在那湖的上面，高高地高高地懸掛着像天空一樣的鹽的穹窿。老礦工告訴我們："這就是那個有名的以雪爾車夫斯基將軍命名的湖。"湖裏的水，碧藍碧藍的，簡直像寶石一樣的可愛。湖的這一邊，也立着一個鹽雕的聖像，大約有五、六尺高，燈光在它的頭上照耀着，把它那由於透明而顯得像煙一樣的淡淡的影子投在碧藍的湖面上。在湖的另一邊，拴着一隻木船，可以乘坐十多人，是供到這兒來遊覽的人坐的。老礦工告訴我：這個湖是不沉的湖，可是在一九四二年的時候，卻有七個納粹匪徒在這湖裏淹死了。這是因為那船上坐的人太多，超過了它所能擔負的重量。匪徒們又蠻不講理，勸他們下去幾個，他們又不肯。這樣，船剛划到湖心，船身就裂開了，七個匪徒被船板壓在底下浮不起來淹死了。老礦工又告訴我：在那個時候，這個鹽礦裏有一個納粹的秘密工廠，他們在遠離地面幾百公尺的地下製造秘密武器，究竟製造的是甚麼秘密武器，因為納粹匪徒們在逃跑的時候炸毀了機器和器材，所以至今無人知道。

離開雪爾車夫斯基湖，我們順着一條有鐵軌的通道，走進了鹽礦歷史博物館。這處博物館一共有三個大廳，它們都連在一起，而且非常寬敞，每一個都可以容納五、六百人。大廳的天花板離地面非常之高，可是當中沒有任何支柱。四周的牆壁直立着，幾百年過去了，它連一點風化倒塌的地方都沒有，可見這鹽是多麼堅硬了，簡直像花崗石一樣。就在這三間寬敞的大廳裏，展出了鹽礦的全部歷史。朋友，我想你也許有興趣聽一聽這個鹽礦的歷史吧。是的，了解一下這個奇異的鹽礦究竟是怎樣形成的，這是非常有意思的。

現在，我就把波蘭的科學家們根據這裏的鹽層和在這鹽礦挖出的許多動物和果實的化石所研究的結果告訴你：大約在二十五萬年以前，這兒是一片藍色的海洋。那時候，這兒的氣候非常炎熱，上面是火熱的天，下面是滾燙的地，而海邊上則長着熱帶的椰棗樹一類的植物。暴風雨來了，椰棗被吹落到地上，而浪潮又把它捲進了海裏。由於地殼在過去的地質世紀中變化的不規則性，活動的第三紀中新統的海變成了一個死海，又因為冰河的侵入和山脈的形成，一部分海水被蒸發掉，一部分海水在地殼下面漸漸地凝固了，變成了鹽礦，而當時海裏的海螺、珊瑚以及從岸上飄進來的椰棗，也就像化石一樣地和鹽凝固在一起了。這些二十五萬年前的動植物的軀骸，現在都陳列在鹽礦博物館裏，雄辯地證實了科學家們的論斷。它們就是這個大海變為鹽礦的見證人。

這個鹽礦的發現，卻是近千年來的事情。那是在公元九六六年，人們在偶然的機會裏發現了此處的井水很鹹，就把它汲出來熬鹽，以後，人們就鑿開了地皮，看到這個巨大的水晶似的鹽礦了。鹽礦一被發現，就立刻成了皇室的財產了。在那個時候，對於國王來説，鹽礦並不比一座金礦差。十三世紀，維利茲卡的鹽，就開始出口廣銷歐洲許多國家，在那些國家裏，商人都是以純金換鹽的。維利茲卡的白鹽，究竟替波蘭皇室換來了多少黃金，那是無法統計的。在過去的時代裏，所有的國王和貴族都對這個鹽礦有着濃厚的興趣，他們中的許多人都到這裏來遊覽過。博物館裏，現在還陳列着當時的王公大臣們遊覽鹽礦時所乘坐的車子。這種車子是專為遊覽鹽礦製造的，它的大小和裝飾，都和當時貴族們在地面上乘坐的最豪華的馬車差不多。光滑的車輪，華麗的車篷，有彈簧的車座上鑲着天鵝絨和寶石。鈴鐺叮叮地響着，當時的王公大臣們就坐在這豪華的車子上懷着滿意的心情在鹽礦裏遊覽。

然而，當時白鹽對於礦工來說，卻並不是黃金，而是痛苦和眼淚。一千年來維利茲卡鹽礦的歷史，是一部充滿了血淚的鬥爭史。自從鹽礦開採以來，那些不見陽光的礦工們就一直為自己的起碼的生存條件而進行鬥爭。他們的奴隸般的生活是駭人聽聞的，那簡直就像生活在地獄裏一樣，他們每天在離地面數百公尺的地下，像牛馬般的工作十六個小時，而得到的卻是捱餓受凍，他們的工資非常微薄，連麵包都吃不上。因此，在這個鹽礦裏面，就不斷地發生罷工的鬥爭，一六九〇年還爆發了一次礦工們的武裝起義。博物館牆上的巨幅油畫，驚心動魄地表現了起義失敗後工人們遭受屠殺的情形。衣着華麗的皇室龍騎兵重重地包圍了起義的工人，鹽礦附近的村莊邊上，血淋淋地掛着礦工們的頭，絞架上高高地吊着礦工們的妻子。……

這就是在黃金似的鹽礦裏的血淚的史實。

看着這些油畫，我心裏感到異常的沉重，老礦工也許是看出了我臉上的陰雲，就笑着說：「過去了，這一切都過去了，永遠地過去了。」接着他就告訴我：維利茲卡鹽礦早已成了國家的財產，礦工們自己做了鹽礦的主人。機械化的採鹽方法代替了牛馬般勞苦的原始採鹽方法，風鑽和電鑽代替了礦工們的鶴嘴鋤。鹽的日產量增加了，礦工們的勞動卻大大地減輕了，而工資收入則超過了以前好多倍。這位老礦工又告訴我：在波蘭，得天獨厚的煤和鹽，是波蘭人民的驕傲，因為它們每年都大量出口，給國家增加了巨大的收入。所以波蘭人民常常用自豪的口氣稱煤是黑色的金子，稱鹽是白色的金子。

在歸來的路上，走到雪爾車夫斯基湖的時候，老礦工跑到湖邊，提起了衣袖，在水裏摸索了一會，撈起了一塊拳頭大的鹽塊，笑着遞給了我說：

"喏，這一錠白色的金子，送給你做紀念吧。"

在這樣奇異的地下，時間過的很快，不知不覺兩小時過去了。我覺得我走了很多地方，可是實際上只不過是遊覽了整個地下城市的極小的一角而已。而一百多公里的地下通道也不過是走了極小極小的一部分。我們重又乘上了升降機，耳旁響起了呼呼的風聲，騰雲駕霧般地向空中飛去。在這一剎那間，我不禁想起了鬧龍宮的神話。真的，剛才我們看到的那些奇異的所在，怎能不使人感覺到我們是身在海底的水晶宮呢？現在，我們離開了水晶宮，在向着天空飛去。幾分鐘後，我們就升到了地面，當我看見了那明晃晃的陽光的時候，再回頭看一看那黑沉沉的深不可測的升降機的洞口，我彷彿覺得做了一個夢，彷彿覺得是從一個奇幻的神話般的世界裏重又回到了人間。

劍橋

　劍橋(康橋)是劍橋大學所在地，不僅學術氣圍濃厚，而且不乏田園風光。劍河岸邊，國王學院、皇后學院、聖瑪利教堂、菲茨威廉美術館……歷史悠久的百年學府和經典建築觸目皆是；劍河蜿蜒曲折，穿流於古老的建築之間，柳垂兩岸，芳草萋萋……一如徐志摩筆下《再別康橋》的畫面。

Credit : GNU Free Documentation License

我所知道的康橋

徐志摩

一

　　我這一生的周折，大都尋得出感情的線索。不論別的，單說求學。我到英國是為要從羅素。羅素來中國時，我已經在美國。他那不確的死耗傳到的時候，我真的出眼淚不夠，還做悼詩來了。他沒有死，我自然高興。我擺脫了哥倫比亞大學博士銜的引誘，買船票過大西洋，想跟這位二十世紀的福祿泰爾認真唸一點書去。

誰知一到英國才知道事情變樣了：一為他在戰時主張和平，二為他離婚，羅素叫康橋給除名了，他原來是 Trinty College 的 Fellow，這來他的 Fellowship 也給取消了。他回英國後就在倫敦住下，夫妻兩人賣文章過日子。因此我也不曾遂我從學的始願。我在倫敦政治經濟學院裏混了半年，正感着悶想換路走的時候，我認識了狄更生先生。狄更生——Galsworthy Lowes Dickinson——是一個有名的作者，他的《一個中國人的通信》（*Letters From John Chinaman*）與《一個現代聚餐談話》（*A Modern Symposium*）兩本小冊子早得了我的景仰。我第一次會着他是在倫敦國際聯盟協會席上，那天林宗孟先生演説，他做主席！第二次是宗孟寓裏吃茶，有他。以後我常到他家裏去。他看出我的煩悶，勸我到康橋去，他自己是王家學院（King's College）的 Fellow。我就寫信去問兩個學院，回信都説學額早滿了，隨後還是狄更生先生替我去在他的學院裏説好了，給我一個特別生的資格，隨意選科聽講。從此黑方巾黑披袍的風光也被我佔着了。初起我在離康橋六英里的鄉下叫沙士頓地方租了幾間小屋住下，同居的有我從前的夫人張幼儀女士與郭虞裳君。每天一早我坐街車（有時自行車）上學，到晚回家。這樣的生活過了一個春，但我在康橋還只是個陌生人，誰都不認識，康橋的生活，可以説完全不曾嚐着，我知道的只是一個圖書館，幾個課室，和三兩個吃便宜飯的茶食舖子。狄更生常在倫敦或是大陸上，所以也不常見他。那年的秋季我一個人回到康橋，整整有一學年，那時我才有機會接近真正的康橋生活，同時我也慢慢的"發見"了康橋。我不曾知道過更大的愉快。

二

　　"單獨"是一個耐尋味的現象。我有時想它是任何發見的第一個條件。你要發見你的朋友的"真"，你得有與他單獨的機會。你要發見你自己的真，你得給你自己一個單獨的機會。你要發見一個地方（地方一樣有靈性），你也得有單獨玩的機會。我們這一輩子，認真説，能認識幾個人？能認識幾個地方？我們都是太匆忙，太沒有單獨的機會。説實話，我連我的本鄉都沒有甚麼了解。康橋我要算有相當交情的，再次許只有新認識的翡冷翠了。阿，那些清晨，那些黃昏，我一個人發痴似的在康橋！絕對的單獨。

　　但一個人要寫他最心愛的對象，不論是人是地，是多麼使他為難的一個工作？你怕，你怕描壞了它，你怕説過分了惱了它，你怕説太謹慎了辜負了它。我現在想寫康橋，也正是這樣的心理，我不曾寫，我就知道這回是寫不好的——況且又是臨時逼出來的事情。但我卻不能不寫，上期預告已經出去了。我想勉強分兩節寫，一是我所知道的康橋的天然景色，一是我所知道的康橋的學生生活。我今晚只能極簡的寫些，等以後有興會時再補。

三

　　康橋的靈性全在一條河上：康河，我敢説，是全世界最秀麗的一條水。河的名是葛蘭大（Granta），也有叫康河（River Cam）的，許有上下流的區別，我不甚清楚。河身多的是曲折，上游是有名的拜倫潭——"Byron's Pool"——當年拜倫常在那裏玩的，有一個老村子叫格蘭騫斯德，有一個果子園，你可以躺在纍纍的桃李樹蔭下吃茶，花果會掉入你的茶杯，小雀子會到你桌上來啄食，那真是別有一番天地。這是上游；下游是從騫斯德頓下去，河面展開，那是春夏間競舟的場所。上下河分界處有一個壩築，水流急得很，在星光下聽水聲，聽近村晚鐘聲，聽河畔捲牛努草聲，是我康橋經驗中最神秘的一種：大自然的優美，寧靜，調諧在這星光與波光的默契中不期然的淹入了你的性靈。

但康河的精華是在它的中權，著名的 "Backs"，這兩岸是幾個最蜚聲的學院的建築。從上面下來是 Pembroke, St. Katharine's, King's, Clare, Trinity, St.John's. 最令人留連的一節是克萊亞與王家學院的毗連處，克萊亞的秀麗緊鄰着王家教堂（King's Chapel）的閎偉。別的地方盡有更美更莊嚴的建築，例如巴黎賽因河的羅浮宮一帶，威尼斯的利阿爾多大橋的兩岸，翡冷翠維基烏大橋的周遭；但康橋的 "Backs" 自有它的特長，這不容易用一二個狀詞來概括，它那脫離盡塵埃氣的一種清澈秀逸的意境可說是超出了畫圖而化生了音樂的神味。再沒有比這一群建築更調諧更勻稱的了！論畫，可比的許只有柯羅（Corot）的田野；論音樂，可比的許只有蕭邦（Chopin）的夜曲。就這也不能給你依稀的印像，它給你的美感簡直是神靈性的一種。

假如你站在王家學院橋邊的那棵大椈樹樹蔭下眺望，右側面，隔着一大方淺草坪，是我們的校友居（Fellows Building），那年代並不早，但它的嫵媚也是不可掩的，它那蒼白的石壁上，春夏間滿綴着艷色的薔薇在和風中搖顫，更移左是那教堂，森林似的尖閣不可浼的永遠直指着天空；更左是克萊亞，阿！那不可信的玲瓏的方庭，誰說這不是聖克萊亞（St. Clare）的化身，那一塊石上不閃耀着她當年聖潔的精神？在克萊亞後背隱約可辨的是康橋最潢貴最驕縱的三清學院（Trinity），它那臨河的圖書樓上坐鎮着拜倫神采驚人的雕像。

但這時你的注意早已叫克萊亞的三環洞橋魔術似的攝住。你見過西湖白堤上的西泠斷橋不是（可憐它們早已叫代表近代醜惡精神的汽車公司給踩平了，現在他們跟着蒼涼的雷峰永遠辭別了人間。）？你忘不了那橋上斑駁的蒼苔，木柵的古色，與那橋拱下泄露的湖光與山色不是？克萊亞並沒有那樣體面的襯托，它也不比廬山棲賢寺旁的觀音橋，上瞰五老的奇峰，下臨深潭與飛瀑；他只是怯憐憐的一座三環洞的小橋，它那橋洞間也只掩映 細紋的波鱗與婆婆的樹影，它那橋上櫛比的小穿闌與闌節頂上雙雙的白石球，也只是村姑子頭上不誇張的香草與野花一類的裝飾；但你凝神的看着，更凝神的看着，你再反省你的心境，看還有一絲屑的俗念沾滯不？只要你審美的本能不曾泪滅時，這是你的機會實現純粹美感的神奇！

但你還得選你賞鑒的時辰。英國的天時與氣候是走極端的。冬天是荒謬的壞，逢着連綿的霧盲天你一定不遲疑的甘願進地獄本身去試試；春天（英國是幾乎沒有夏天的）是更荒謬的可愛，尤其是它那四五月間最漸緩最艷麗的黃昏，那才真是寸寸黃金。在康河邊上過一個黃昏是一服靈魂的補劑。阿！我那時蜜甜的單獨，那時甜蜜的閒暇，一晚又一晚的，只見我出神似的倚在橋闌上向西天凝望：——

看一回凝靜的橋影，

數一數螺細的波紋：

我倚暖了石闌的青苔，

青苔涼透了我的心坎；……

還有幾句更笨重的怎能彷彿那游絲似輕妙的情景：

難忘七月的黃昏，遠樹凝寂，

像墨潑的山形，襯出輕柔暝色，

密稠稠，七分鵝黃，三分橘綠，

那妙意只可去秋夢邊緣捕捉；……

四

這河身的兩岸都是四季常青最蔥翠的草坪。從校友居的樓上望去，對岸草場上，不論早晚，永遠有十數匹黃牛與白馬，脛蹄沒在恣蔓的草叢中，從容的在咬嚼，星星的黃花在風中動盪，應和着它們尾鬃的掃拂。橋的兩端有斜倚的垂柳與槐蔭護住。水是澈底的清澄，深不足四尺，勻勻的長着長條的水草。這岸邊的草坪又是我的愛寵，在清朝，在傍晚，我常去這天然的織錦上坐地，有時讀書，有時看水：有時仰臥着看天空的行雲，有時反仆着摟抱大地的溫軟。

但河上的風流還不止兩岸的秀麗。你得買船去玩。船不止一種：有普通的雙槳划船，有輕快的薄皮舟（Canoe），有最別致的長形撐篙船（Punt）。最末的一種是別處不常有的：約莫有二丈長，三尺寬，你站直在船梢上用長竿撐着走的。這撐是一種技術。我手腳太蠢，始終不曾學會。你初起手嘗試時，容易把船身橫住在河中，東顛西撞的狼狽。英國人是不輕易開口笑人的，但是小心他們不出聲的皺眉！也不知有多少次河中本來悠閒的秩序叫我這莽撞的外行給攪亂了。我真的始終不曾學會：每回我不服輸去租船再試的時候，有一個

白鬍子的船家往往帶譏諷的對我説："先生，這撐船費勁，天熱累人，還是拿個薄皮舟溜溜吧！"我那裏肯聽話，長篙子一點就把船撐了開去，結果還是把河身一段段的腰斬了去！

你站在橋上去看人家撐，那多不費勁，多美！尤其在禮拜天有幾個專家的女郎，穿一身縞素衣服，裙裾在風前悠悠的飄着，戴一頂寬邊的薄紗帽，帽影在水草間顫動，你看她們出橋洞時的姿態，捻起一根竟像沒分量的長竿，只輕輕的，不經心的往波心裏一點，身子微微的一蹲，這船身便波的轉出了橋影，翠條魚似的向前滑了去。她們那敏捷，那閒暇，那輕盈，真是值得歌詠的。

在初夏陽光漸暖時你去買一支小船，划去橋邊蔭下躺着唸你的書或是做你的夢，槐花香在水面上飄浮，魚群的唼喋聲在你的耳邊挑逗。或是在初秋的黃昏，近着新月的寒光，望上流僻靜處遠去。愛熱鬧的少年們攜着他們的女友，在船沿上支着雙雙的東洋彩紙燈，帶着話匣子，船心裏用軟墊鋪着，也開向無人跡處去享他們的野福——誰不愛聽那水底翻的音樂在靜定的河上描寫夢意與春光！

住慣城市的人不易知道季候的變遷。看見葉子掉知道是秋，看見葉子綠知道是春；天冷了裝爐子，天熱了拆爐子；脫下棉袍，換上夾袍，脫下夾袍，穿上單袍；不過如此罷了。天上星斗的消息，地下泥土裏的消息，空中風吹的消息，都不關我們的事。忙着哪，這樣那樣事情多着，誰耐煩管星星的移轉，花草的消長，風雲的變幻？同時我們抱怨我們的生活，苦痛，煩悶，拘束，枯燥，誰肯承認做人是快樂？誰不多少間咒詛人生？

但不滿意的生活大都是由於自取的。我是一個生命的信仰者，我信生活決不是我們大多數人僅僅從自身經驗推得的那樣暗慘。我們的病根是在"忘本"。人是自然的產兒，就比枝頭的花與鳥是自然的產兒；但我們不幸是文明人，入世深似一天，離自然遠似一天。離開了泥土的花草，離開了水的魚，能快活嗎？能生存嗎？從大自然，我們取得我們的生命；從大自然，我們分取得我們繼續的資養。那一株婆娑的大木沒有盤錯的根柢深入在無盡藏的地裏？我們是永遠不能獨立的。有幸福是永遠不離母親撫育的孩子，有健康是永遠接近自然的人們。不必一定與鹿豕遊，不必一定回"洞府"去：為醫治我們當前生活枯窘，只要"不完全遺忘自然"一張輕淡的藥方，我們的病象就有緩和的希望。在青草裏打幾個滾，到海水裏洗幾次浴，到高處去看幾次朝霞與晚照——你肩背上的負擔就會輕鬆了去的。

這是極膚淺的道理，當然。但我要沒有過康橋的日子，我就不會有這樣的自信。我這一輩子就只那一春，說也可憐，算是不曾虛度。就只那一春，我的生活是自然的，是真愉快的！（雖則碰巧那也是我最感受人生痛苦的時期。）我那時有的是閒暇，有的是自由，有的是絕對單獨的機會。說也奇怪，竟像是第一次，我辨認了星月的光明，草的青，花的香，流水的殷勤。我能忘記那初春的睥睨嗎？曾經有多少個清晨我獨自冒着冷去薄霜鋪地的林子裏閒步 —— 為聽鳥語，為盼朝陽，為尋泥土裏漸次蘇醒的花草，為體會最微細最神妙的春信。阿，那是新來的畫眉在那邊凋不盡的青枝上試牠的新聲！阿，這是第一朵小雪球花掙出了半凍的地面！阿，這不是新來的潮潤沾上了寂寞的柳條？

靜極了，這朝來水溶溶的大道，只遠處牛奶車的鈴聲，點綴這周遭的沉默。順着這大道走去，走到盡頭，再轉入林子裏的小徑，往煙霧濃密處走去，頭頂是交枝的榆蔭，透露着漠楞楞的曙色；再往前走去，走盡這林子，當前是平坦的原野，望見了村舍，初青的麥田，更遠三兩個饅頭形的小山掩住了一條通道。天邊是霧茫茫的，尖尖的黑影是近村的教寺。聽，那曉鐘和緩的清音。這一帶是此邦中部的平原，地形像是海裏的輕波，默沉沉的起伏；山嶺是望不見的，有的是常青的草原與沃腴的田壤。登那土阜上望去，康橋只是一帶茂林，擁戴着幾處娉婷的尖閣。嫵媚的康河也望不見蹤跡，你只能循着那錦帶似的林木想像那一流清淺。村舍與樹林是這地盤上的棋子，有村舍處有佳蔭，有佳蔭處有村舍。這早起是看炊煙的時辰：朝霧漸漸的升起，揭開了這灰蒼蒼的天幕，（最好是微霰後的光景）遠近的炊煙，成絲的，成縷的，成卷的，輕快的，遲重的，濃灰的，淡青的，慘白的，在靜定的朝氣裏漸漸的上騰，漸漸的不見，彷彿是朝來人們的祈禱，參差的翳入了天聽。朝陽是難得見的，這初春的天氣。但它來時是起早人莫大的愉快。頃刻間這田野添深了顏色，一層輕紗似的金粉糝上了這草，這樹，這通道，這莊舍。頃刻間這周遭彌漫了清晨富麗的溫柔。頃刻間你的心懷也分潤了白天誕生的光榮。"春"！這勝利的晴空彷彿在你的耳邊私語。"春"！你那快活的靈魂也彷彿在那裏迴響。

     ……

伺候着河上的風光，這春來一天有一天的消息。關心石上的苔痕，關心敗草裏的花鮮。關心這水流的緩急，關心水草的滋長，關心天上的雲霞，關心新來的鳥語。怯憐憐的小雪球是探春信的小使。鈴蘭與香草是歡喜的初聲。窈宛的蓮馨，玲瓏的石水仙，愛熱鬧的克羅克斯，耐辛苦的蒲公英與雛菊——這時候春光已是縵爛在人間，更不須殷勤問訊。

瑰麗的春放。這是你野遊的時期。可愛的路政，這裏不比中國，那一處不是坦蕩蕩的大道？徒步是一個愉快，但騎自轉車是一個更大的愉快。在康橋騎車是普遍的技術；婦人，稚子，老翁，一致享受這雙輪舞的快樂。（在康橋聽說自轉車是不怕人偷的，就為人人都自己有車，沒人要偷。）任你選一個方向，任你上一條通道，順着這帶草味的和風，放輪遠去，保管你這半天的逍遙是你性靈的補劑。——這道上有的是清陰與美草，隨地都可以供你休憩。你如愛花，這裏多的是錦繡似的草原。你如愛鳥，這裏多的是巧囀的鳴禽。你如愛兒童，這鄉間到處是可親的稚子。你如愛人情，這裏多的是不嫌遠客的鄉人，你到處可以"掛單"借宿，有酪漿與嫩薯供你飽餐，有奪目的果鮮恣你嘗新。你如愛酒，這鄉間每"望"都為你儲有上好的新釀，黑啤如太濃，蘋果酒薑酒都是供你解渴潤肺的。……帶一卷書，走十里路，選一塊清靜地，看天，聽鳥，讀書，倦了時，和身在草綿綿處尋夢去——你能想像更適性的消遣嗎？

陸放翁有一聯詩句："傳呼快馬迎新月，卻上輕輿趁晚涼"；這是做地方官的風流。我在康橋時雖沒馬騎。沒轎子坐，卻也有我的風流：我常常在夕陽西曬時騎了車迎着天邊扁大的日頭直追。日頭是追不到的，我沒有夸父的荒誕，但晚景的溫存卻被我這樣偷嘗了不少。有三兩幅畫圖似的經驗至今還栩栩的留着。只說看夕陽，我們平常只知道登山或是臨海，但實際只須遼闊的天際，平地上的晚霞有時也是一樣的神奇。有一次我趕到一個地方，手把着一家村莊的籬笆隔着一大田的麥浪，看西天的變幻。有一次是正衝着一條寬廣的大道，過來一大群羊，放草歸來的，偌大的太陽在它們後背放射着萬縷的金輝，天上卻是烏青青的，只剩這不可逼視的威光中的一條大路，一群生物！我心頭頓時感着神異性的壓迫，我真的跪下了，對着這冉冉漸翳的金光。再有一次是更不可忘的奇景，那是臨着一大片望不到頭的草原，滿開着艷紅的罌粟，在青草裏亭亭的像是萬盞的金燈，陽光從褐色雲裏斜着過來，幻成一種異樣的紫色，透明似的不可逼視，霎那間在我迷眩了視覺中，這草田變成了……不說也罷，說來你們也是不信的！

一別二年多了，康橋，誰知我這思鄉的隱憂？也不想別的，我只要那晚鐘撼動的黃昏，沒遮攔的田野，獨自斜俯在軟草裏，看第一個大星在天邊出現！

一九二六年一月十五日

佛羅倫司

　　佛羅倫司又名"翡冷翠"，意大利語為"鮮花之城"。該城不僅遍植鮮花，更盛產藝術之花，是文藝復興運動的發源地，因而佛羅倫司又有"西方雅典"之稱。全市共有40所博物館和美術館，60多所宏麗及許許多多的教堂，收藏有大量的優秀藝術品和珍貴文物，其中尤以巴爾羅國家博物館、佛羅倫司大教堂、聖馬可廣場著名。

佛羅倫司

朱自清

　　佛羅倫司（Florence）最教你忘不掉的是那色調鮮明的大教堂與在它一旁的那高聳入雲的鐘樓。教堂靠近鬧市，在狹窄的舊街道與繁密的市房中，展開它那偉大的個兒，好像一座山似的。它的門牆全用大理石砌成，黑的紅的白的線條相間着。長方形是基本圖案，所以直線雖多，而不覺嚴肅，也不覺浪漫；白天裏繞着教堂走，仰着頭看，正像看達文西的《摩那麗沙》（Mona Lisa）像，她在你上頭，可也在你裏頭。這不獨是線形溫和平靜的緣故，那三色的大理石，帶着它們的光澤，互相顯映，也給你鮮明穩定的感覺；加上那樸素而黯淡的周圍，襯托着這富麗堂皇的建築，像給它打了很牢固的基礎一般。夜晚就不同些；在模糊的街燈光裏，這龐然的影子便有些壓迫着你了。教堂動工在十三世紀，但門牆只是十九世紀的東西；完成在一八八四年，算到現在才四十九年。教堂裏非常簡單，與門牆決不相同，只穹隆頂宏大而已。

鐘樓在教堂的右首，高二百九十二英尺，是喬陀（Giotto，十四世紀）的傑作。喬陀是意大利藝術的開山祖師；從這座鐘樓可以看出他的大匠手。這也用顏色大理石砌成牆面；寬度與高度正合式，玲瓏而不顯單薄。牆面共分七層：下四層很短，是打根基的樣子，最上層最長，以助上聳之勢。窗戶愈高愈少愈大，最上層只有一個；在長方形中有金字塔形的妙用。教堂對面是受洗所，以吉拜地（Ghiberti）做的銅門著名。有兩扇最工，上刻《聖經》故事圖十方，分遠近如畫法，但未免太工些；門上並有作者的肖像。密凱安傑羅（十六世紀）說過這兩扇門真配做天上樂園的門，傳為佳話。

教堂內容富麗的，要推送子堂，以《送子圖》得名。門外廊子裏有沙陀（Sarto，十六世紀）的壁畫，他自己和他太太都在畫中；畫家以自己或太太作模特兒是常見的。教堂裏屋頂以金漆花紋界成長方格子，燦爛之極。門內左邊有一神龕，明燈照耀，香花供養，牆上便是《送子圖》。畫的是天使送耶穌給處女瑪利亞，相傳是天使的手筆。平常遮着不讓我們俗眼看；每年只復活節的禮拜五揭開一次。這是塔斯干省最尊的神龕了。

梅迭契（Medici）家廟也以富麗勝，但與別處全然不同。梅迭契家是中古時大公爵，治佛羅倫司多年。那時佛羅倫司非常富庶，他們家窮極奢華；佛羅倫司藝術的興盛，一半便由於他們的愛好。這個家廟是歷代大公爵家族的葬所。房屋是八角形，有穹隆頂；分兩層，下層是墳墓，上層是雕像與紀念碑等。上層牆壁，全用各色上好大理石作面子，中間更用寶石嵌成花紋，地也用大理石嵌花鋪成；屋頂是名人的畫。光彩煥發，五色紛綸；嵌工最精細，平滑如天然。佛羅倫司嵌石是與威尼斯嵌玻璃齊名的，梅迭契家造這個廟，用過二千萬元，但至今並未完成；雕像座還空着一大半，地也沒有全鋪好。旁有新廟，是密凱安傑羅所建，樸質無華；中有雕像四座，叫做《畫》《夜》《晨》《昏》，是紀念碑的裝飾，也出於密凱安傑羅的手，頗有名。

十字堂是"佛羅倫司的西寺"，"塔斯干的國葬院"；前面是但丁的造像。密凱安傑羅與科學家格里雷的墓都在這裏，但丁也有一座紀念碑，此外名人的墓還很多。佛羅倫司與但丁有關係的遺跡，除這所教堂外，在送子堂附近是他的住宅；是一所老老實實的小磚房，帶一座方樓，據說那時闊人家都有這種方樓的。他與他的情人佩特拉齊相遇，傳說是在一座橋旁；這個情景常見於圖畫中。這座有趣的橋，照畫看便是阿奴河上的三一橋；橋兩頭各有雕像兩座，風光確是不壞。佩特拉齊的住宅離但丁的也不遠；她葬在一個小教堂裏，就在住宅對面小胡同內。這個教堂雙扉緊閉，破舊得可以，據說是終年不常開的。但丁與佩特拉齊的屋子，現在都已作別用，不能進去，只牆上釘些紀念的木牌而已。佩特拉齊住宅牆上有一塊木牌，專抄但丁的詩兩行，説他遇見了一個美人，卻有些意思。還有一所教堂，據說原是但丁寫《神曲》的地方；但書上沒有，也許是"齊東野人"之語罷。密凱安傑羅住過的屋子在十字堂近旁，是他侄兒

的住宅。現在是一所小博物院，其中兩間屋子陳列着密凱安傑羅塑的小品，有些是名作的雛形，都奕奕有神彩。在這一層上，他似乎比但丁還有幸些。

佛羅倫司著名的方場叫做官方場，據說也是歷史的和商業的中心，比威尼斯的聖馬克方場黯淡冷落得多。東邊未周府，原是共和時代的議會，現在是市政府。要看中古時佛羅倫司的堡子，這便是個樣子，建築彷彿銅牆鐵壁似的。門前有密凱安傑羅《大衛》(David) 像的翻本（原件存本地國家美術院中）。府西是著名的噴泉，雕像頗多；中間亞波羅駕四馬，據說是一塊大理石鑿成。但死板板的沒有活氣，與旁邊有血有肉的《大衛》像一比，便看出來了。密凱安傑羅說這座像白費大理石，也許不錯。府東是朗齊亭，原是人民會集的地方，裏面有許多好的古雕像；其中一座像有兩個面孔，後一個是作者自己。

方場東邊便是烏費齊畫院 (Uffizi Gallery)。這畫院是梅迭契家立的，收藏十四世紀到十六世紀的意大利畫最多；意大利畫的精華薈萃於此，比那兒都好。喬陀，波鐵乞利 (Botticelli，十五世紀)，達文西（十五世紀），拉飛爾（十六世紀），密凱安傑羅，鐵沁的作品，這兒都有；波鐵乞利和鐵沁的最多。喬陀，波鐵乞利，達文西都是佛羅倫司派，重形線與構圖；拉飛爾曾到佛羅倫司，也受了些影響。鐵沁是威尼斯派，重着色。這兩個潮流是西洋畫的大別。波鐵乞利的作品如《勃里馬未拉的寓言》，《愛神的出生》等似乎最能代表前一派，達文西的《送子圖》，構圖也極巧妙。鐵沁的《佛羅拉像》和《愛神》，可以看出豐富的顏色與柔和的節奏。另有《藍色聖母像》，沙瑣費拉陀 (Sossoferrato，十七世紀) 所作，後來臨摹的很多，《小說月報》曾印作插畫。古雕像以《梅迭契愛神》，《摔跤》為最：前者情韻欲流，後者精力飽滿，都是神品。隔阿奴河有辟第（Pitti）畫院，有長廊與烏費齊相通，這條長廊架在一座橋的頂上，裏面掛着許多畫像。辟第畫院是辟第（Luca Pitti）立的。他和梅迭契是死冤家。可是後來擴充這個畫院的還是梅迭契家。收藏的名畫有拉飛爾的兩幅《聖母像》，《福那利那像》與鐵沁的《馬達來那像》等。福那利那是拉飛爾的未婚妻，是他許多名作的模特兒。鐵沁此幅和《佛羅拉像》作風相近，但金髮飄拂，節奏更要生動些。

兩個畫院中常看見女人坐在小桌旁用描花筆蘸着粉臨摹小畫像，這種小畫像是將名畫臨摹在一塊長方的或橢圓的小紙上，裝在小玻璃框裏，作案頭清供之用。因為地方太小，只能臨摹半身像。這也是西方一種特別的藝術，頗有些歷史。看畫院的人走過那些小桌子旁，她們往往請你看她們的作品；遞給你擴大鏡讓你看出那是一筆不苟的。每件大約二十元上下。她們特別拉住些太太們，也許太太們更能賞識她們的耐心些。

　　十字堂鄰近，許多做嵌石的舖子。黑地嵌石的圖案或帶圖案味的花卉人物等都好；好在顏色與光澤彼此襯托，恰到佳處。有幾塊小丑像，趣極了。但臨摹風景或圖畫的卻沒有甚麼好。無論怎麼逼真，總還隔着一層；嵌石決不能如作畫那麼靈便的。再説就使做得和畫一般，也只是因難見巧，沒有一點新東西在內。威尼斯嵌玻璃卻不一樣。他們用玻璃小方塊嵌成風景圖；這些玻璃塊相似而不盡相同，它們所構成的不是一個簡單的平面，而是許多顏色的點兒。你看時會覺得每一點都觸着你，它們間的光影也極容易跟着你的角度變化，至少這"觸着你"一層，畫是辦不到的。不過佛羅倫司所用大理石，色澤勝於玻璃多多；威尼斯人雖會着色，究竟還趕不上。

瑞士

　　瑞士是一個以精密機械聞名的國家，同時它又是一個像瑞士鐘錶一樣注重細節的地方：美麗潔靜的鄉村，繫着牛鈴子鈴的乳牛，布　為的木屋，綠油油的溪谷，秀麗的湖水，白雪蓋頂的

阿爾卑斯山⋯⋯，信手拈來，都是一種構思，一幅圖畫。蘇黎世、鐵力士山、日內瓦湖、少女峰、西庸古堡⋯⋯，隨興所至，總能找到令人感興趣的事物。

世界公園的瑞士

鄒韜奮

　　記者此次到歐洲去，原是抱着學習或觀察的態度，並不含有娛樂的雅興，所以號稱世界公園的瑞士，本不是我所注意的國家，但為路途經過之便，也到過該國的五個地方，在青山碧湖的環境中，驚嘆“世界公園”之名不虛傳。因為全瑞士都是在翠綠中，除了房屋和石地外，全瑞士沒有一畝地不是綠草如茵的，平常的城市是一個或幾個公園，瑞士全國便是一個公園；就是樹蔭和花草所陪襯烘托着的房屋，他們也喜歡在牆角和窗上栽着或排着艷花綠草，房屋都是小巧玲瓏，雅潔簇新的（因為人民自己時常油漆粉刷的，農村中的房屋也都如此）。

牆色有綠的，有黃的，有青的，有紫的，隱約顯露於樹草花叢間，真是一幅美妙絕倫的圖畫！

　　記者於八月十七日下午十二點離開意大利的米蘭，兩點鐘到了瑞士的齊亞索，便算進了“世界公園”的境地。由此處起，便全是用着電氣的火車（瑞士全國都用電氣火車，非常潔淨），在火車上遇着的乘客也和在意大利境內所看見的“馬虎”的朋友們不同，衣服都特別的整潔，精神也特別的抖擻，就是火車上的售賣員的衣冠、態度也和“馬虎”派的迥異，這種劃若鴻溝的現象，很令冷眼旁觀的人感到驚訝。由此乘火車經過阿爾卑斯山（Alps）下的世界有名的第二山洞（此為火車經過的山洞，工程艱難和山洞之長，列世界第二），氣候便好象由燥熱的夏季立刻變為陰涼的秋天。在意大利火車中所見的東一塊荒地西一塊荒地的景況，至此則兩旁都密佈着修得異常整齊的綠坡，賞心悅目，突入另一種境界了。所經各處，常在海平線三四十尺以上，空氣的清新固無足怪，遠觀積雪繞雲的阿爾卑斯山的山峰矗立，俯瞰平滑如鏡的湖面映着青翠欲滴的山景，無論何人看了，都要

感覺到心醉的。我們到了琉森湖（Lake of Lucerne）的開頭處的小埠佛露哀倫（Fluelen），已在下午五點多鐘，因打算第二天早晨棄火車而乘該處特備的小輪渡湖（須三小時才渡到琉森城，即該湖的一盡頭），所以特在湖濱的一個旅館裏歇息了一夜。這個旅館開窗見湖面山，設備得雅潔極了，但旅客卻寥若晨星，大概也受了世界經濟恐慌的波及。

這段路本來可乘火車，但要遊湖的，也可以用所買的火車聯票，乘船渡湖，不過買火車票時須聲明罷了。我們於十八日上午九時左右依計劃離佛露哀倫，乘船渡湖。這輪船頗大，是專備湖裏用的，設備很整潔，船面上一列一列的排了許多椅子備旅客坐。我們在船上遇着二三十個男女青年，自十二三歲至十七八歲，由一個教師領導，大家背後都背着黃色帆布製的行囊，用皮帶縛到胸前，手上都拿着一根手杖，這一班健美快樂的孩子，真令人愛慕不置！他們乘一小段的水路後，便又在一個碼頭上岸去，大概又去爬山了。最可笑的是那位領導的教員談話的聲音姿態，完全像在課堂上教書的神氣，又有些像演說的口氣和態度，大概是他在課堂上養成的習慣。在沿途各站（在湖旁岸上沿途設有船站，也可說是碼頭），設備也很講究，上船的遊客漸多，大都是成雙或帶有幼年子女而來的。有三個五十來歲髮已斑白的老婦人，也結隊而來，背上也負着行囊，手上也拿着手杖，有兩個眼上架着老花眼鏡，有一個還拿着地圖口講指劃，興致不淺。這也可看出西人個人主義的極致，這類老太婆也許有她們的子女，但年紀大了各走各的路，和中國的家族主義迥異，所以老太婆和老太婆便結了伴。這種現像，我後來越看越多了。

船上有一老者又把我們當作日本人，他大概是有搜集各種郵票的嗜好，問我們有沒有日本的郵票，結果他當然大失所望！

我們當天十二點三刻就乘船到了琉森城，這是瑞士琉森邦（瑞士係聯邦制，有二十二邦）的最為遊客所常到的一個城市，在以美麗著名的琉森湖的末端。我們上岸略事遊覽，即於下午四點鐘乘火車往瑞士蘇黎世邦的最大的一個城市（也名蘇黎世，人口二十萬餘），一小時左右即到。該城絲的出產僅次於法國的里昂，布匹和機械的生產很盛，是瑞士的主要的經濟中心地點，同時也是由法國到東歐及由德國和北歐往意大利的交通要道。該處有蘇黎世湖，我們到後僅能於晚間在湖濱略為賞鑒，於第二日早晨，我們這五個人的小小旅行團便分散，除記者外，他們都到德國去。記者便獨自一人，於上午十點零四分，提着一個衣箱和一個小皮包，乘火車向瑞士的首都伯爾尼進發，下午一點三十五分才到。在車站時，因向站上職員詢問赴伯爾尼的月台（國外車站上的月台頗多，以號碼為誌），他勸我再等一小時有快車可乘，我正欲在沿途看看村莊情形，故仍乘着慢車走。離了團體，一個人獨行之後，前後左右都是黃髮碧眼兒了。

團體旅行和個人旅行，各有利弊。其實在歐洲旅行，有關於各國的西文指南可作遊歷的根據，只須言語可通，經濟不發生問題（團體旅行，有許多可省處），個人旅行所得的經驗只有比團體旅行來得多。記者此次脫離團體後，即靠着一本英文的"瑞士指南"，並溫習了幾句問路及臨時應付的法語，便獨自一人帶着"指南"，按着其中的說明和地圖，東奔西竄着，倒也未曾做過怎樣的"阿木林"。

維也納

沒有哪個城市能與這麼多的音樂大師連在一起，除了它——維也納，奧地利的首都、舉世聞名的"音樂城市"、國際旅遊勝地。阿爾卑斯山、多瑙河、著名的維也納森林和遼闊的平原，造就其優美的環境、誘人的景色和"多瑙河的女神"之稱。史蒂芬大教堂、霍夫堡宮、奧地利國家美術館以及一些著名音樂大師的紀念館等，是每一位藝術與生活鑑賞家的嚮往。

維也納春天的三個畫面

馮驥才

你一聽到青春少女這幾個字，是不是立刻想到純潔、美麗、天真和朝氣？如果是這樣你就錯了！你對青春的印象只是一種未做深入體驗的大略的概念而已。青春，它是包含着不同階段的異常豐富的生命過程。一個女孩子的十四歲、十六歲、十八歲——無論她外在的給人的感覺，還是內在的自我感覺，都決不相同；就像春天，它的三月、四月和五月是完全不同的三個畫面。你能從自己對春天的記憶裏找出三個畫面嗎？

我有這三個畫面。它不是來自我的故鄉故土，而是在遙遠的維也納三次旅行中的畫面定格，它們可絕非一般！在這個用音樂來召喚和描述春天的城市裏，春天來得特別充分、特別細緻、特別蓬勃，甚至特別震撼。我先說五月，再說三月，最後說四月，它們各有一次叫我的心靈感到過震動，並留下一個永遠具有震撼力的畫面。

五月的維也納，到處花團錦簇，春意正濃。我到城市遠郊的山頂上遊玩，當晚被山上熱情的朋友留下，住在一間簡樸的鄉村木屋裏，窗子也是厚厚的木板。睡覺前我故意不關嚴窗子，好聞到外邊森林的氣味，這樣一整夜就像睡在大森林裏。轉天醒來時，屋內竟大亮，誰打開的窗子？正詫異着，忽見窗前一束艷紅艷紅的玫瑰。誰放在那裏的？走過去一看，呀，我怔住了，原來夜間窗外新生的一枝綴滿花朵的紅玫瑰，趁我熟睡時，一點點將窗子頂開，伸進屋來！它沾滿露水，噴溢濃香，光彩照人；它怕吵醒我，竟然悄無聲息地又如此輝煌地進來了！你說，世界上還有哪一個春天的畫面更能如此震動人心？

那麼，三月的維也納呢？

這季節的維也納一片空濛。陽光還沒有除淨殘雪，綠色顯得分外吝嗇。我在多瑙河邊散步，從河口那邊吹來的涼滋滋的風，偶爾會感到一點春的氣息。此時的季節，就憑着這些許的春的泄露，給人以無限期望。我無意中扭頭一瞥，看見了一個無論多麼富於想像力的人也難以想像得出的畫面。

幾個姑娘站在岸邊，她們正在一齊向着河口那邊伸長脖頸，眯縫着眼，噘着芬芳的小嘴，親吻着從河面上吹來的捎來的春天的風！她們做得那麼投入、傾心、陶醉、神聖；風把她們的頭髮、圍巾和長長衣裙吹向斜後方，波浪似地飄動着。遠看就像一件偉大的雕塑。這簡直就是那些為人們帶來春天的仙女們啊！誰能想到用心靈的吻去迎接春天？你說，還有哪個春天的畫面，比這更迷人、更詩意、更浪漫、更震撼？

我心中的畫廊裏，已經掛着維也納三月和五月兩幅春天的圖畫。這次恰好在四月裏再次訪維也納，我暗下決心，無論如何也要找到屬於四月這季節的同樣強烈動人的春天傑作。

開頭幾天，四月的維也納真令我失望。此時的春天似乎只是綠色連着綠色。大片大片的草地上，沒有五月那無所不在的明媚的小花。沒有花的綠地是寂寞的。我對駕着車一同外出的留學生小呂說：

"四月的維也納可真乏味！綠色到處泛濫，見不到花兒，下次再來非躲開四月不可！"

小呂聽了，就把車子停住，叫我下車，把我領到路邊一片非常開闊的草地上，然後讓我蹲下來扒開草好好看看。我用手撥開草一看，大吃一驚：原來青草下邊藏了滿滿一層花兒，白的、黃的、紫的；純潔、嬌小、鮮亮；這麼多、這麼密、這麼遼闊！它們比青草只矮幾厘米，躲在草下邊，好像只要一努勁，就會齊刷刷地全冒出來……

"得要多少天才能冒出來？"我問。

"也許過幾天，也許就在明天。"小呂笑道，"四月的維也納可說不準，一天換一個樣兒。"

可是，當夜冷風冷雨，接連幾天時下時停，太陽一直沒露面兒。我很快就要離開這裏去意大利了，便對小呂說："這次看不到草地上那些花兒了，真有點遺憾呢，我想它們剛冒出來時肯定很壯觀。"

小呂駕着車沒說話，大概也有些怏怏然吧。外邊毛毛雨點把車窗遮得像拉了一道紗帘。可車子開出去十幾分鐘，小呂忽然對我說："你看窗外——"隔過雨窗，看不清外邊，但窗外的顏色明顯地變了：白色、黃色、紫色、在窗上流動。小呂停了車，手伸過來，一推我這邊的車門，未等我弄明白是怎麼回事，便說：

"去看吧——你的花！"

迎着細密地、涼涼地吹在我臉上的雨點，我看到的竟是一片花的原野。這正是前幾天那片千千萬萬朵花兒藏身的草地，此刻一下子全冒出來，頓時改天換地，整個世界鋪滿全新的色彩。雖然遠處大片大片的花已經與蒙蒙細雨融在一起，低頭卻能清晰看到每一朵小花，在冷雨中都像英雄那樣傲然挺立，明亮奪目，神氣十足。我驚奇地想：它們為甚麼不是在溫暖的陽光下冒出來，偏偏在冷風冷雨中拔地而起？小小的花居然有如此氣魄！四月的維也納忽然叫我明白了生命的意味是甚麼？是——勇氣！

　　這兩個普通又非凡的字眼，又一次叫我怦然感到心頭一震。這一震，便使眼前的景像定格，成為四月春天獨有的壯麗的圖畫，並終於被我找到了。

　　擁有了這三幅畫面，我自信擁有了春天，也懂得了春天。

里斯本

　　里斯本是"航海王國"葡萄牙的首都，它遠不如其他歐洲大都市豪華氣派，但卻善於固守傳統——持續修復翻新具歷史性的建築和雕塑，諸如商業廣場、羅西歐廣場、古老的阿爾法瑪區、聖喬治城堡、航海紀念碑、貝倫塔、熱羅尼姆斯修道院等，使得中世紀的景觀至今留存，整個城市潮流與懷舊並存。

他們的麻煩

余秋雨

　　葡萄牙人喜歡用白色的小石塊鋪城市的人行道。里斯本老城人行道的石塊，已被歲月磨成陳年骨牌。沿骨牌走去，是陡坡盤繞的山道，這樣的山道上居然還在行駛有軌電車。

　　山道很窄，有軌電車幾乎從路邊民房的門口擦過，民房陳舊而簡陋，門開處伸出一頭，是一位老者，黑髮黃膚，恰似中國早年的賬房先生，但細看並非中國人。

　　骨牌鋪成的盤山道很滑，虧得那些電車沒有滑下來，陳舊的民房沒有滑下來。我們已經爬得氣喘吁吁，終於到了山頂，那裏有一個巨大的古城堡，以聖喬治王子命名。

古城堡氣勢雄偉，居高臨海，顯然是守扼要地。羅馬時代就在了，後來一再成為兵家必爭的目標。它最近一次輝煌紀錄，就是聖喬治王子一五八〇年在這裏領導抗擊西班牙入侵者。抗擊很英勇，在其他地方已經失守的情況下，這個城堡還固守了半年之久。

一算年代，那時明代正在澳門築牆限制島上的葡萄牙人活動，而葡萄牙人又已開始向中國政府繳納地租。當時中國並不衰弱，但與這些外國人打交道的中國地方官員完全不知道，葡萄牙人自己的國家主權已成為嚴重問題。

我順着城堡的石梯上上下下，一次次鳥瞰着里斯本，心想家家都有一本難唸的經，如果只從我們中國人的眼光看，葡萄牙人是有陰謀地一步步要吞食澳門，但是聯想到里斯本的歷史，就會知道他們未必如此從容。巨大的災難一次次降臨在他們頭上，有的來自自然，有的出於人為，只是中國地處遙遠，全然不知。

你看，航海家達‧伽馬發現了印度後返回里斯本才六年，葡萄牙人剛剛在享受發現東方的榮耀，一場大瘟疫籠罩了里斯本。他們在馬六甲的遠航船隊開始探詢中國的情報，但更焦急的是探詢遠方親友的安危。據我們現在知道的當時里斯本疫情，可知船隊成員探詢到的親友消息一定凶多吉少。

疫情剛過不久，里斯本又發生大地震，第一次，正是他們的船隊要求停泊於澳門的時候；第二次，則是他們要求上岸搭棚暫住的五十年代。

説得再近一點，十八世紀中期的里斯本更大的地震至今仍保持歐洲最大地震的紀錄，里斯本數萬個建築只剩下幾千。就算他們在澳門問題上囂張起來的十九世紀，里斯本也更是一刻不寧。英國欺侮中國是後來的事，對葡萄牙的欺侮卻長久得多了，而法國又來插一腳，十九世紀初拿破侖攻入里斯本，葡萄牙王室整個兒逃到了巴西，此時這個航海國家留給世間的只是一個最可憐的逃難景象，處境遠比當時的中國朝廷狼狽。後來一再地發生資產階級革命，又一次地陷於失敗，整個葡萄牙在外侮內亂中一步步衰竭。

中國人哪裏曉得眼前的“葡夷”身後發生了那麼多災難，我們在為澳門的主權與他們磨擦，而他們自己卻一次次差點成了亡國奴，欲哭無淚。可能少數接近他們的中國官員會稍稍感到有點奇怪，為甚麼他們一會兒態度強蠻，一會兒又脆弱可憐，一會兒忙亂不堪，一會兒又在那裏長籲短嘆……在信息遠未暢通的年代，遙遠的距離是一層厚厚的遮蓋。現在遮蓋揭開了，才發現遠年的賬本竟如此怪誕。怪誕中也包含着常理：給別人帶來麻煩的人，很可能正在承受着遠比別人嚴重的災難，但人們總習慣把麻煩的製造者看得過於強悍。

小專題

各種各樣的 "旅遊"

曾有一首流行的歌曲這樣唱道：外面的世界很精彩，外面的世界很無奈。外面的世界！多麼神奇！無論精彩還是無奈，我們總是想親身去找找答案。所以古人云：讀萬卷書，行萬里路。西方一位名人更說："世界是一本書，而不旅行的人們唯讀了其中的一頁。"

旅遊，自古有之，不過古人的"遊"，卻與今天大相徑庭。春秋戰國，包括孔子在內的諸子百家，為伸張各自的思想主張，周遊列國，終促成"百家爭鳴"的文化盛世。同時，另有一群人仗劍江湖"其行雖不軌於正義，然其言必信，其行必果，已諾必誠，不愛其軀，赴士之厄困"，被後世尊稱為"遊俠"。到唐代，"遊"成為文化交流的重要方式，日本、朝鮮紛紛派出"遣唐使"遊學中土，學習大唐先進的典章制度；佛教高僧紛紛西行東渡，弘揚佛法，玄奘為取得真經，不遠萬里到天竺（今印度），《大唐西域記》不僅是他西遊的見證，更記錄他沿途所見所聞，成為珍貴的歷史地理史料；詩人墨客則遍遊名山大川，激蕩詩興，留下無數詩詞名句。到明代，中國歷史上第一位真正的旅行家徐霞客，畢三十多年"在路上"，對地理、水文、地質、植物等現象詳細記錄，《徐霞客遊記》記誌他多年旅行觀察所得，在地理學和文學上卓有成就。被後人譽為"世間真文字、大文字、奇文字"。

　　今天，旅遊的概念，似乎趨於具體，不外乎遊覽歷史名勝、欣賞自然風光、領略風土人情。細究起來，其實也是大有內涵，遠足、長途旅行、遊學、公幹、考察調查、探險、野外鍛煉，不一而足。還有一種別樣"旅遊"，可不出門而知天下，即透過欣賞名家遊記、美文美圖"神遊"，既可感受文學的優美，又在字裏行間中領略"桂林山水甲天下"的秀美景致和"不到長城非好漢"的豪邁氣概。

趣味重溫（2）

一 、你明白嗎？

1. 試把本單元所介紹的下列名勝和其所歸屬的國家連線搭配。

<table>
<tr><td>康橋</td><td>意大利</td></tr>
<tr><td>梵爾賽宮</td><td>波蘭</td></tr>
<tr><td>佛羅倫司</td><td>英國</td></tr>
<tr><td>地下水晶宮</td><td>瑞士</td></tr>
<tr><td>琉森湖</td><td>葡萄牙</td></tr>
<tr><td>里斯本</td><td>奧地利</td></tr>
<tr><td>維也納</td><td>法國</td></tr>
</table>

2. 根據作者峻青在〈地下水晶宮〉中的遊覽順序重新排序。

   a. 遊覽鹽礦歷史博物館

   b. 乘坐升降機到達地面二百多公尺的地下

   c. 乘坐升降機回到地面

   d. 遊覽雪爾車夫斯基湖

   e. 走過長長的通道

   f. 遊覽聖金加教堂

   由上可見。本文的寫作的次序是 _____

3. 給下列文字加上標點。

   我用手撥開草一看　大吃一驚　原來青草下邊藏了滿滿一層花兒
   白的　黃的　紫的　純潔　嬌小　鮮亮　這麼多　這麼密　這麼遼闊
   他們比青草只矮幾厘米　躲在草下邊　好像只要一努勁　就會齊刷刷
   地全冒出來……（〈維也納春天的三個畫面〉）

4. 選擇正確的修辭手法填在題後括號內。

    a. 比喻   b. 誇張   c. 排比   d. 擬人

i. 鹽礦裏，有長達一百多公里的水晶似的通道，有滿壁都是精細的浮雕的大教堂，有可以容納數千人的寬闊的大廳，有巨大的藍色的湖泊和黑色的河流……。（　　）

ii. 到此時一隻一隻的遊船像小雀般四向飛竄，但是他們仍在那裏高歌歡呼。（　　）

iii. 它沾滿露水，噴溢濃香，光彩照人；它怕吵醒我，竟然悄無聲息地又如此輝煌地進來了！（　　）

iv. 骨牌鋪成的盤山道很滑，虧得那些電車沒有滑下來，陳年的民房沒有滑下來。（　　）

5. 遊記通常離不開寫景狀物，然而寫景狀物並不是遊記的必要條件，本單元九篇遊記中，就有一篇遊記全篇幾乎沒有寫景狀物，該篇是　　　　　　　　　　。

二 、想深一層

1. 遊記常常要寫景，這就得認真觀察，正確記寫景物。觀察景物可以是靜止時觀察；也可以一邊移動，一邊觀察。試把下列四段文字分類。

（a）我們走下電車，約略是沿着廣場北面走，在兩极邊看到許多很漂亮的旅舍、飯店和其他私人的別莊。最後是到達很高的金色的鐵欄，莊嚴的梵爾賽的宮牆是越加跑近我們這邊來了。鐵欄之內，又展開着一望無際的敞地。（〈遊梵爾賽宮〉）

（b）梵爾賽宮苑的全景，你最好是站在那正殿的最高層去俯瞰。你看那正殿前面的白石大平台，彷彿像北京太和殿前那樣：前部有兩個大噴池，這池是被許多男的女的老的少的種種水神的銅像環繞着的……（〈遊梵爾賽宮〉）

（c）假如你站在在王家學院橋邊的那棵大榆樹樹蔭下眺望，右側面，隔着一大方淺草坪，是我們的校友居（Fellows Building），那年代並不早，但它的嫵媚也是不可掩的……，更移左是那教堂，森林似的尖閣不可浼的永遠直指着着天空；更左是克萊亞……（〈我所知道的康橋〉）

（d）通道頂上，每隔不遠就裝着一隻電燈，把四周照得雪亮，我們順着通道一直往裏走。通道裏很靜，聽不到任何別的聲音……我們靜悄悄地走着，那靜穆的氣氛，那輝煌的亮光，使人覺得是置身於一個神話般的世界。（〈地下水晶宮〉）

定點觀察是：＿＿＿＿＿＿

移動觀察是：＿＿＿＿＿＿

2. 行文的詳略得當是一篇好遊記的必備條件，試根據觀察的仔細程度、用筆的多寡、敍述的詳略等，指出〈地下水晶宮〉一文行文的詳略。

詳寫：＿＿＿＿＿＿＿＿＿＿＿＿＿＿＿＿＿＿＿＿＿＿＿＿＿＿＿

略寫：＿＿＿＿＿＿＿＿＿＿＿＿＿＿＿＿＿＿＿＿＿＿＿＿＿＿＿

3. 〈遊梵爾賽宮〉一文，不僅記遊和説明了梵爾賽宮這座藝術寶庫，而且飽含了作者在遊覽過程中引發的獨特感悟，從而增加了遊記的深度和價值，請從本文中舉出幾例。

三 、延伸思考

1. 有不少同學說寫遊記難，試在同學中做一個調查，收集遊記寫作困難的原因。

2. 讀了以上遊記，總結自己平時寫遊記的經歷，說說如何才能寫出又長又好的遊記。

3. 馮驥才筆下，三月的維也納是半夜頂窗而入的玫瑰，四月的維也納是在冷風冷雨中拔地而起的小花，五月的維也納是用心靈迎接春天的小姑娘，試用這種寫法，來描寫一個風景點在不同季節的風姿。

4. 試收集自己及親朋好友（包括同學）在旅遊過程中碰到的不同民俗風情，並加以整理。

金字塔

　　阿拉伯有句俗語："人們怕時間，時間卻怕金字塔。"世界古代七大奇蹟，唯有埃及金字塔留存於世，理所當然地成為當今世界七大奇蹟之首。埃及家多金字塔中，以胡夫（也稱大金字塔）、海夫拉和門卡烏拉　珠三

代的金字塔最大最有名，它們與其周圍小金字塔形成金字塔群，規模宏大、建築神奇、結構精細，它們同人面獅身像一起，給人類留下了許多未解之謎。

金字塔夜月

楊　朔

　　聽埃及朋友説，金字塔的夜月，朦朦朧朧的，彷彿是富有幻想的夢境。我去，卻不是為的尋夢，倒想親自多摸摸這個民族的活生生的歷史。

　　白天裏，遊客多，趣味也雜。有人喜歡騎上備着花鞍子的阿拉伯駱駝，繞着金字塔和人面獅身的司芬克斯大石像轉一轉；也有人願意花費幾個錢，看那矯健的埃及人能不出十分鐘嗖嗖爬上爬下四百五十呎高的金字塔。這種種風光，熱鬧自然熱鬧，但總不及夜晚的金字塔來得迷人。

　　我去的那晚上，乍一到，未免不巧，黑沉沉的，竟

不見月亮的消息。金字塔彷彿溶化了似的，溶到又深又濃的夜色裏去，臨到跟前才能看清輪廓。塔身全是一庹多長的大石頭壘起來的。順着石頭爬上幾層，遠遠眺望着燈火點點的開羅夜市，不覺引起我一種茫茫的情思。白天我也曾來過，還鑽進塔裏，順着一條石廊往上爬，直鑽進半腰的塔心裏去，那兒就是當年放埃及王"法老"石棺的所在。空棺猶存，卻早已殘缺不堪。今夜我攀上金字塔，細細撫摸那沾着古埃及人民汗漬的大石頭，不能不從內心發出連連的驚嘆。試想想，五千多年前，埃及人民究竟用甚麼鬼斧神工，創造出這樣一座古今奇跡？我一時覺得：金字塔裏藏的不是甚麼"法老"的石棺，卻是埃及人民無限驚人的智慧；金字塔也不是甚麼"法老"的陵墓，卻是這個民族精神的化身。

　　晚風從沙漠深處吹來，微微有點涼。幸好金字塔前有座幽靜的花園，露天擺着些乾淨座位，賣茶賣水。我約會幾位同去的朋友進去叫了幾杯土耳其熱咖啡，喝着，一面談心。燈影裏，照見四處散立着好幾尊石像。

我湊到一尊跟前細瞅了瞅，古色古香的，猜想是古帝王的刻像，便撫着石像的肩膀笑問道：“你多大年紀啦？”

那位埃及朋友從一旁笑應道：“三千歲啦。”

我又撫摸着另一尊石像問：“你呢？”

埃及朋友説：“我還年輕，才一千歲。”

我笑起來：“好啊，你們這把年紀，好歹都可以算做埃及歷史的見證人。”

埃及朋友説：“要論見證人，首先該推司芬克斯先生，五千年了，甚麽沒經歷過？”

旁邊傳來一陣放浪的笑聲。這時我們才留意到在一所玻璃房子裏坐着幾個白種人，正圍着桌子喝酒，張牙舞爪的，都有點醉意。

埃及朋友故意乾咳兩聲，悄悄對我説：“都是些美國商人。”

我問道：“做甚麽買賣的？”

埃及朋友一癟嘴説：“左右不過是販賣原子彈的！”

於是我問道：“你們説原子彈能不能毀了金字塔？”

同遊的日本朋友吃過原子彈的虧，應道：“怎麽不能？一下子甚麽都完了。”

話剛説到這兒，有人喊：“月亮上來了。”

好大的一輪，顏色不紅不黃的，可惜缺了點邊兒，不知幾時從天邊爬出來。我們就去踏月。

月亮一露面，滿天的星星驚散了。遠近幾座金字塔都從夜色裏透出來，背襯着暗藍色的天空，顯得又莊嚴，又平靜。往遠處一望那利比亞沙漠，籠着月色，霧茫茫的，好靜啊，聽不見一星半點動靜，只有三兩點夜火，隱隱約約閃着亮光。一恍惚，我覺得自己好像走進埃及遠古的歷史裏去，眼前正是一片世紀前的荒漠。

而那個凝視着埃及歷史的司芬克斯正臥在我的面前。月亮地裏，這個一百八十多呎長的人面獅身大物件顯得那麼安靜，又那麼馴熟。都說，它臉上的表情特別神秘，永遠是個猜不透的謎。天荒地老，它究竟藏着甚麼難言的心事呢？

　　背後忽然有人輕輕問：“你看甚麼啊？”

　　我一回頭，發現有兩個埃及人，不知幾時來到我的身邊。一個年紀很老了，拖着件花袍子；另一個又黑又胖，兩隻眼睛閃着綠火，緊端量我。一辨清我的眉目，黑胖子趕緊說：“是周恩來的人麼？看吧，看吧。我們都是看守，怕晚間有人破壞。”

　　拖花袍子的老看守也接口輕輕說：“你別多心，是得防備有人破壞啊。這許許多多年，司芬克斯受的磨難，比甚麼人不深？你不見它的鼻子麼？受傷了。當年拿破侖的軍隊侵佔埃及後，說司芬克斯的臉神是有意向他們挑戰，就開了槍。再後來，也常有外國遊客，從它身上砸點石頭帶走，說是可以有好運道。你不知道，司芬克斯還會哭呢。是我父親告訴我的。也是個有月亮的晚上，我父親從市上回來得晚，忽然發現司芬克斯的眼睛發亮，就近一瞧，原來含着淚呢。也有人說含的是露水。管他呢。反正司芬克斯要是有心，看見埃及人受的苦楚這樣深，也應該落淚的。”

　　我就問：“你父親也是看守麼？”

　　老看守說：“從我祖父起，就守衛着這物件，前後有一百二十年了。”

　　“你兒子還要守衛下去吧？”

　　老看守轉過臉去，迎着月光，眼睛好像有點發亮，接着嚥口唾沫說：“我兒子不再守衛這個，他守衛祖國去了。”

旁邊一個高坡上影影綽綽走下一群黑影來，又笑又唱。老看守説："我看看去"，便走了。

黑胖子對着我的耳朵悄悄説："別再問他這個。他兒子已經在塞得港的戰鬥裏犧牲了，他也知道，可是從來不肯説兒子死了，只當兒子還活着。……"

黑胖子話沒説完，一下子停住，又咳嗽一聲，提醒我老看守已經回來。

老看守嘟嘟囔囔説："不用弄神弄鬼的，你當我猜不到你講甚麼？"又望着我説："古時候，埃及人最相信未來，認為人死後，才是生命的開始，所以有的棺材上畫着眼睛，可以從棺材裏望着世界。於今誰都不會相信這個。不過有一種人，死得有價值，死後人都記着他，他的死倒是真生。"

高坡上下來的那群黑影搖搖晃晃的，要往司芬克斯跟前湊。老看守含着怒氣説："這夥美國醉鬼！看着他們，別教他們破坏甚麼。"黑胖子便應聲走過去。

我想起甚麼，故意問道："你説原子彈能不能破壞埃及的歷史？"

老看守瞪了我一眼，接着笑笑説："甚麼？還有東西能破坏歷史麼？"

我便對日本朋友笑着説："對了。原子彈毀不了埃及的歷史，就永遠也毀不了金字塔。"

老看守也不理會這些，指着司芬克斯對我説："想看，再細看看吧。大整塊大石頭刻出來的，了不起呀。"

我便問道："都説司芬克斯的臉上含着個謎語，到底是甚麼謎呢？"

老看守卻像沒聽見，緊自比手劃腳説："你看，他面向東方，五千年了，天天期待着日出。"

　　這幾句話好像一把帘鈎，輕輕掛起遮在我眼前的帘
幕。我再望望司芬克斯，那臉上的神情實在一點都不神
秘。只是在殷切地期待着甚麼。它期待的正是東方的日
出，這日出是已經照到埃及的歷史上了。

洛杉磯

　　洛杉磯又名"天使之城"，位於陽光充足的西海岸，是美國西部的文化教育和旅遊中心。市內有210個公園和眾多遊樂休閒場所，其中有美國最大的城市公園格里菲斯公園、婦孺皆知的好萊塢電影王國、名聞世界的迪斯尼遊樂中心、充滿中國傳統氣氛的中國城和陽光明媚的海灘等。

北美拾零

曾敏之

西雅圖之遊

　　西雅圖，是美國西岸華盛頓州轄的一個城市，與加拿大的溫哥華接壤。為了去美國，我在溫哥華美國領事館補辦了簽證手續，取得了可自由出入美國三個月時間的許可。

　　從溫哥華去西雅圖，有一條高速公路。乘豪華的專車，在寬闊而平坦的高速公路上奔馳，沿途可瀏覽美國鄉村小鎮的風光。

就西雅圖道上的鄉村所見，處處是靜穆而整齊的房屋，屋前屋後都加以綠化，綠蔭深處就有人家。美國人出門多以汽車代步，很少有人步行，沿途所見的屋邊都停有小汽車。

四小時的行車，中途有個寬敞明亮的西餐廳，供自助餐以代午膳。自助餐付美金約十元，可享受豐富而精緻的烹調，特別是炸雞腿最受歡迎。

到達西雅圖範圍了，路經華盛頓州的州立華盛頓大學，順步對它作一巡禮。華盛頓大學是頗有名氣的一間高等學府，佔地之廣，已形成一個城市，它的建築群是適應教學需要而定的，為了盡量方便教職員及學生的生活需要，在大學的範圍內開設有各種商店，有電影院、娛樂場、音樂廳等等提供服務。如果有人不願出校園，就可到附近的商店買東西，尋消遣。

據了解，華盛頓大學已有百年歷史，學生有萬餘人，校史上最顯著的成績是培養過美國許多政界人物，可是它的教學及科研卻以理科見稱於世。

通過華盛頓大學，到了一座山丘。小山上樺樹叢立，綠茵鋪地，在那有似中國古代所謂"北邙"的墓地中間，埋葬了一代武俠電影明星李小龍。

李小龍出生於香港，少年時代就酷愛武術，曾從南北派武師習武，後來投身於電影界，以演武打片逐漸取得名聲。他不固步自封，潛心研究中國各個流派的武術，然後融匯貫通，自創一派。當他主演的電影風靡港澳及東南亞一帶之後，於而立之年到了美國，他的武打片也進入了美國，使華人主演的電影在國際市場揚眉吐氣，李小龍成了國際明星。正當他的電影事業如日方中的時候，卻患病死了。英年不永，令人悼惜。他的父親以李小龍能揚威於三藩市，於是替他取了別號，名曰振藩。在他的墓碑上刻的正是李振藩之墓。

李小龍的墓地不過黃土一抔，墓前有平矮石台。在墓地，只見有鮮花擺於石台之上，可見是經常有人到他的墓地憑弔的。

值得玩味的是石台上陳列了李小龍生前所寫的兩句帶哲理性的名句：

以無限為有限　以有法為無法

這是李小龍習藝過程中概括出來的體驗，具有深刻的內容。對他這兩句話，據我的理解，意指學海無涯，如果能樹立一個目標從事追求、探索，勤奮力學，就可到達這個目標，也就是到達有涯的彼岸。武術各流派都有師承，也就是各有法度，"學者必有師"，他也曾從師學藝，但是卻不能以某家派為滿足，要能綜合、提煉各家各派之長，自己加以創造，於是自成一家，也就爐火純青，可以從師法跳出來，不受前人法度所圍了。正如齊白石所創的畫論，曾有"學我者死，繼我者生"一樣，齊白石大師不希望弟子受他的技法、風格束縛，認為善於創新才是有出息的藝術家。

當我在李小龍墓前默誦他這兩句偈語，追念其生平的時候，為他以三十三歲的似錦年華而凋謝，不禁深感"天地不仁，以萬物為芻狗"的難堪！

西雅圖是美國華盛頓州的一個市，是西海岸著名的海港。

馳名世界的波音飛機製造廠就在西雅圖建立，其規模之大，有如一個獨立王國。據說，西雅圖的市民，每一個家庭都有人在波音飛機製造廠做工，因此這個廠與西雅圖市民有着休戚相關的關係。

當我們車經波音飛機廠的時候，只能遠看而不能近前，因為它不是風景名勝任人參觀。但是波音廠設在西雅圖，可以想見西雅圖在科技文化上有其先進的歷史。例如太空針，太平洋科技中心，就是著名的一項建設。

　　太空針是美國從事太空研究最早的一個建築，已有幾十年歷史了，有似多倫多的電視塔。登上最高層可俯視整個西雅圖的全景。這時候可以看到西雅圖是依地形而建造的屋宇、街道，很像重慶，市街是有斜坡的，有的坡度較高，許多華麗住宅建於山坡之上，可是出門不必徒步，居民多是有自備汽車的。

　　太平洋科技中心與太空針建在一個區域，可說是西雅圖的科研中心。美國在太平洋的軍事戰略，與這個研究中心的工作有密切關係。也許正是這樣一個原因吧，科技中心並不開放，所以無緣一窺其秘。

　　西雅圖另一個吸引遊客之處是參觀沙文魚魚梯及水壩。魚梯是繁殖沙文魚的地方，而水壩的形狀，就如中國宜昌的葛洲壩，以電動水閘控制水流，然後讓輪船出入港口。值得一看的是，在這裏擁擠着私人的豪華遊艇，等待閘開而放艇出海遨遊，看到他們有的是全家人

一道，有的是男女雙雙，皮膚曬得如銅色，歡笑地魚貫穿閘而去，真令人羨慕。據説西雅圖人最喜歡以遊艇作海上遊，每逢假期，他們就駕艇出海，這已成生活中重要活動節目了。

還有一種出遊的形式，是駕駛汽車到風光旖旎之地度假，於是就有適應汽車出遊的汽車旅館。我們曾看到西雅圖通往別處的公路上，沿途建築了一座座的汽車旅館。所謂旅館，就是設有房間牀位、餐廳、泳池、停車場等等，私家汽車可以泊車，寄宿，收費低廉，方便遊客，因此乘車出遊的人不愁無處駐足。這真是一種新興的旅遊事業，有先領此風光者，已賺了大錢了。

遊西雅圖，到一間規模宏大的購物商場參觀也是一種樂趣，在購物商場有馳名世界的西雅圖巧克力糖，裝潢別致，名不虛傳。遊客湧進商場，多爭先購巧克力糖，我也不例外，價格卻較貴，每盒售價美元五到十元，視品種而異，售貨員説："這是西雅圖的佳品，最適於帶回去分贈親友了"。

洛杉磯機場與小台北

美國的洛杉磯，一度是世界奧運會的舉辦地，可説世界聞名。

機場一瞥

當飛機在洛杉磯降落時，入眼的洛杉磯不愧是美國的名城，從空中俯瞰，城市的規模、車道的縱橫、高樓大廈的聳立，可用"蔚為壯觀"四字以形容它。

特別是洛杉磯的機場，在我來去之間作了巡禮與觀察，深深感到它的設備、管理、規模，當第一流而無愧。

洛杉磯機場原來已有不小的規模，是為了適應奧運會需要而重新擴建的，因此整個候機大廳可說通過電腦、航線而與世界各地聯接起來。候機大廳分為好幾座，也分為多層，凡通向各大洲的航線，都在各個大廳分設了各國航空公司的專門機構為來自世界各地的旅客辦理乘機、轉機的手續。

我曾經了解在機場的航空公司，以亞洲而論，台灣的華航、南朝鮮的韓航、香港的國泰等……都設有機構，中國民航則尚未設立，因為還未開闢由北京、上海到洛杉磯航線之故。在每一個大廳，有好幾處懸掛電腦報告各線航機起飛、降落的具體時間。有通向各家航空公司專用的出入孔道，而檢查上表面是極為簡化的，卻另有特別裝置進行掃描，以策安全。

當旅客候機時，有舒適的座位供休憩，有各種餐廳供小飲，進食，有各種商店供購買紀念品及贈送親友的禮物。機場有如一座小城，寬敞明亮，氣派堂皇，空調的冷氣瀰漫於大廳，令人舒適涼爽，久候而不覺得是苦事。

值得一提的是新加坡航空公司飛美的航線，在新航的飛機上，空中小姐服務態度之好，是很有口皆碑的，飛機餐也別具一格，就是有中餐與西餐兩種可以選擇。而龐大的造價昂貴的珍寶機可容數百乘客，舒適的座位也令乘客滿意。

我們因初遊洛杉磯，事先約好一位從事過外交工作的朋友來接機，他打着一塊小小的旗幟，上寫我的姓名，於是雖在偌大的機場，也較容易辨認到，他駕車把我們送到了蒙特萊市鎮的林肯大酒店下榻。

小台北

林肯大酒店的東主是台灣人，他選擇在蒙特萊市鎮開設酒店是因為這裏從台灣移民來的人很多，形成了一個聚居點，美國人稱之為小台北。

林肯大酒店不算太豪華，但設備也很好，空調、彩電一應俱全，每天房租是八十元美金。在酒店中設有旅遊服務部，備有專車供遊客應用。

既然是小台北，我們就作一番巡禮。

這裏少摩天大廈，寬闊的馬路兩旁盡是兩三層高的商店樓房，而以華文書寫招牌的飲食業商店為最多，甚麼上海飯店、四季春酒家、稻香村食品店、四喜樓等等，有如唐人街的風光。很顯然，從招牌就可以看出是有別於廣東的華僑。設店的主人多是來自台灣移民，而且多屬於上海幫、寧波幫，他們從大陸到了台灣，又因台灣前途不明，爭相出國，於是以美國為移民的天堂，把資金轉移來了。

我們先在上海飯店用晚餐，菜餚、設備都是上海化的，服務人員也操上海口音的國語，交談起來頗為親切。

在林肯酒店一宿之後，凌晨就到一家早餐店進早點。這是一間專賣上海燒餅、油條、白粥等小店，由夫妻兩人經營，一看派頭，就是上海人。他們是從台灣來的，以小本經營謀生，以能取得移民資格為目標，雖然艱難，卻也捱下來了。

從閒談中了解到，林肯大酒店的東主原來在台灣擁有較雄厚的資產、企業，為了求得安全，於是投資開設了酒店，但是業務不很好，在目前要月虧美金萬元，他只好兼營別的商業牟利，支撐酒店事業。

說來很是偶然，當我們準備乘坐林肯酒店的旅遊專車去馳名世界的電影城──好萊塢參觀的時候，卻在大廳見到了由香港來的小金，他陪同華閩公司高級職員去紐約及東岸洽商業務，剛從紐約來到洛杉磯，也到林肯大酒店寄宿。據小金說這家酒店已是從大陸來洛杉磯的公私旅客樂於進住之所，並不因為東主是台灣人而存甚麼芥蒂或顧慮。

小金說：“小台北已跟大陸客三通了。”大家都感到異國相逢的喜悅。可是小金說：“我們就要趕到機場，乘最後一班機回香港。”

於是在互道珍重中分手，他們去了機場，我們的專車駛向好萊塢。

遊影城

舉世聞名的好萊塢就在洛杉磯，這個全世界最大的電影製作中心令人嚮往，今天我就去看它的真面目了。

好萊塢其實可稱為影城，它佔地之廣，為拍攝電影而建的設備，真是包羅萬象，參觀時大有目不暇接之勢。

好萊塢擁有世界最大的環球製片廠，派拉蒙電影公司……。當車抵達好萊塢時，只見遊客絡繹不絕，排隊而入，然後轉乘環球製片廠所特備的專車進入影城，登山遊覽。

這種專車每一部可乘百人，輪流駕駛，運轉不輟，來自世界各地遊客都抱着好奇的心情，穿着各國不同的服飾登車，一邊傾聽一位妙齡女郎以嚮導姿態為遊客解說影城的歷史、沿革、現狀。她如數家珍，神采飛揚地與遊客作感情上的交流，我在車上拍攝了她的儷影。

環球製片廠供遊客參觀的部門有燈光、音響、佈景、特技等等。看燈光，可以看到最新的激光技術；聽音響，可以聽到山崩海嘯的聲音；看佈景，可以看到狂風暴雨、和風細雨的電動操作。其中有一處是以中國農村為背景的，於是就有江南農村小橋流水的景色，有微雨斜風的情致。

我對電影，向來不喜歡看甚麼科幻片、星球大戰片。這次遊影城，卻看到科幻片了。當我們列隊進入一間電影室的時候，解說的職員說："這裏可以看太空人在星空上的活動了。"於是靜坐的遊客鴉雀無聲，靜待表演。突然間，大銀幕上出現了新奇的特技，一扇密封的鐵閘開了，兩個太空人從閘裏出來，他們是在空中的，可是卻有鋼絲吊着他們。通過激光一射，就看不到鋼絲了，只見太空人在空中旋轉飛翔，逼真得很。他們的活動，都以特技出之，不能不叫我們嘆絕。

接着看到的是戰爭場面，炮火交加，戰車馳騁，也是利用特技形成的。

看了特技表演，我向同遊者說："哦，原來如此！"

值得稱道的是乘車登山。環遊影城的所見，車經之處，盡是為電影準備好的外景部署：有潛水艇潛水的湖沼，用以代替海洋。有各色教堂，用以安排禮拜。有直升飛機，用以拍升降情形。有各種房屋街道，用以攝入鏡頭。總之，按電影故事發展需要，在影城的廣闊空間（包括一座大山）施展了各種佈景手段達到真實的效果。

影城有一個山區，那是電影紅星所住的豪華範圍。遠遠望去，只見花樹叢中紅樓隱隱，恍如別有人間。據説這些紅星生活的奢豪無人可及。但是他們很重視與電影觀眾的關係，常在影城的露天劇場、音樂劇院中心與觀眾會面，於是觀眾可以看到奧斯卡金像獎得獎者的大牌演員明星，可以聽到他們高歌一曲以酬觀眾的雅意。

影城高處有一座露天咖啡廳，供遊客飲咖啡小憩，然後由這裏乘專車下山。當我在咖啡廳縱目俯視，只見環山擁抱着這個影城，各交通線如蛛網通向影城的各個角落，登山專車蜿蜒而上，遠遠地傳來類似駝鈴聲音，不禁使我引起遐思，吟成小詩一首：

古木蒼蒼抱影城　滄桑淘盡古今情
聲光化電稱奇絕　身似凌風遊太清

遊迪斯尼樂園

來遊洛杉磯的人，沒有不到迪斯尼樂園一看的。因為它的名氣大，首創一個老少咸宜的樂園而名馳世界，隨後被許多國家摹仿，如東京的迪斯尼樂園就是突出的一個。它是洛杉磯旅遊娛樂的一個中心，所以任何時候都吸引着來自世界各地的遊客，我也未能免俗，驅車一窮究竟。

迪斯尼樂園坐落於洛杉磯附近的阿姆海，佔地面積達兩萬英畝之廣，可以想見它的規模。它創建於三十年前，是美國著名的動畫片作者沃爾特‧迪斯尼設計的，並以他的名字命名。這個地方原來是片荒地。創建人按起伏不平的地勢，挖河塘、修湖泊，堆成山嶺小丘。當我進入樂園縱目所及，可看到四周茂林掩映之中，不論空間、地面、底層，都設置了多姿多彩的娛樂設施。在樂園範圍，還看到有旅館、飯店、酒吧間等的設備，為遊客提供服務。

根據在迪斯尼樂園所陳列的園史，可以看到它把幻

世界遊記

北美拾零

想與現實結合的結構：樂園裏設置了五十多個電氣化、電動化的遊藝場所，如幻想世界、未來世界、冒險世界、邊疆世界、海底旅行館、美國一條街、魔鬼窟等等。在園內，還可乘坐一列火車環遊全國，而車經之處，又可看到一些山洞和原始森林，森林中有各種野獸和印第安人的村落。當我乘坐火車遊歷這種森林區時，猶如進入了古代。為了製造驚險，我還遇上了埋伏在深山老林裏的“強盜”，開槍射擊火車。他們穿着十七、十八世紀時代的服裝，手持刀槍，面目猙獰，令人生恐怖感，但也有刺激感。

遊園時，我最感興趣的是乘船遊覽，一條命名為哥倫布的大帆船載着遊客在河中緩駛，兩岸景色又是不同，改乘小船時就駛入了神話世界，水道可通向山洞，洞裏有五彩電燈，變化莫測。洞中深處，小島若隱若現，卻又有珠光寶氣，如水晶宮，柔和的音樂伴着遊船輕航，真有出塵之概。當到了"加勒比海"的時候，海盜猖獗了，恐怖的表演也出現了。刀光劍影、槍聲四起，喊殺連天，有如真實場景。

遊河之後，我坐上了高架滑行吊車，從高空俯覽園中景色，只見潛水艇在潛水，露天歌舞在演出，電子儀器控制的假動物表演各種花樣，偌大的樂園，處處是歡笑的遊客和目不暇接的節目。

如果要問遊樂園印象最深刻的是甚麼？可以説是魔鬼窟所製造的氣氛了。魔鬼窟是一座山，進入山中，燈光黝黯，各種魔鬼在活動着，於是毆鬥聲、騰躍聲、撞擊聲、怪笑聲、慘叫聲……不絕於耳，令人毛髮悚然，待出山時，才透了一口氣。

要暢遊迪斯尼樂園，得花上幾天時間。可是我卻走馬觀花，以較短的時間就逛遍全園，因此所見也就不是全面的情景了。

當離開樂園的時候，才發現它的停車場大得驚人，可容納一萬二千輛汽車，用車如流水馬如龍也形容得不盡恰當，只能説是"車如流水人如蟻"了，可不是麼？一年有上千萬遊客到迪斯尼樂園觀光，還不包括美國老幼在內。這樣的樂園也是兒童的樂園，難怪園中每天不知道有多少兒童入園嬉遊了。對樂園之遊，得詩一首以記所感——

萬畝樂園入望迷
神思巧構幻中奇
百花齊放誇獨步
到此何妨盡笑嬉

胡佛水壩

　　美國拉斯維加斯東南的40公里處，亞利桑那州的西北部，就是世界聞名的水利工程──胡佛水壩（曾名鮑德水壩），國家土木工程歷史名勝，美國七大現代土木工程奇蹟之一，它是世界上罕見的巨大水壩，形狀宛如一條盤臥在大地上的巨龍，十分威武。胡佛水壩和它的蓄水池──密德湖，景色優美，作用巨大。

胡佛水壩 ── 拉斯維加斯之母

葉永烈

防衛嚴密的地方

　　坐長途客車最容易困乏。那天，花費四個半小時從拉斯維加斯前往大峽谷，又花費四個半小時從大峽谷返回拉斯維加斯。大峽谷風雪迷漫。歸途中，山上一路雪花飛舞，下山之後進入沙漠，冷雨瀟瀟。天色越來越暗。廣袤無際的沙漠之中，沒有一間屋，沒有一盞燈。到了下午五時，窗外已經是一片濃黑。伴隨着汽車的輕輕搖晃，發動機的轟轟隆隆，我在暖氣開放的車上漸漸進入了夢鄉。

就在我夢見周公之際,大客車突然剎車,車燈放亮,車門大開,一股冷風襲入車廂,我猛然驚醒。一個披着濕漉漉的黑色雨衣、拎着一盞雪亮的手提燈的彪形大漢上了車。

"把車上所有行李箱的蓋板統統打開!"他用命令式的口氣説道。

哦,又是警察!

清醒了的我,明白又到了檢查站。我記起,上午經過這裏的時候,美國警察曾經上車查過一通。據説,主要是檢查旅客有沒有攜帶爆炸物,所以檢查的重點是行李箱。不過,上午的那位警察,彷彿例行公事似的,在車上匆匆走了一下,就"ok"了,揮揮手,讓司機開車。然而,眼下的這位警察卻一板一眼,一絲不苟,他逐一檢查車頂兩側的行李箱。當他從我身邊走過時,那雨衣前襟被座椅撩起,我見到他的腰間別着一支銀晃晃的手槍。他從車廂前面一直走到車尾,打開那裏的廁所的門,還伸進腦袋察看了一下。他下車之後,還要司機打開車底的行李箱,又仔細查了一遍。許久,他才發出那聲"ok"。

這裏既不是美國邊境,又不是美國機場,而是在一大片沙漠之中,為何設立了專門的檢查站,盤查每一輛從這裏路過的汽車?

這裏豎立着路標"Hoover Dam"——胡佛水壩。在這裏設立了專門的檢查站,據告是了預防恐怖分子襲擊胡佛水壩。胡佛水壩離著名的賭城拉斯維加斯東南只有五十五公里。胡佛水壩截流所形成的蓄水池——密德湖,是拉斯維加斯一百七十萬人的生命線所在。倘若大壩被炸,拉斯維加斯不僅將成無電之城,而且將成為無水之城。正因為這樣，美國警察以高度警惕的目光，注視着每一輛從這裏經過的汽車。據說，基地組織確實制定了襲擊拉斯維加斯市的計劃，只是拉斯維加斯市政當局生怕會影響賭城的生意，所以就沒有對公眾宣佈，但是拉斯維加斯市政當局加強了拉斯維加斯的保衛工作。對經過胡佛水壩的汽車一一細查，就是保衛拉斯維加斯的措施之一。

胡佛水壩和拉斯維加斯

我在上午路過這裏的時候，便曾經參觀了壯觀的胡佛水壩。

胡佛水壩是一座宏偉的拱門式混凝土水壩，建造在兩座山之間，像一條巨龍橫臥在那裏。壩高達二百二十米，壩底寬二百米，頂寬十四米，堤長三百七十七米。

胡佛水壩在亞利桑那州和內華達州交界之處。茫茫大漠之中，惟一的一條河流——科羅拉多河從亞利桑那州的大峽谷流向這裏。對於沙漠而言，水是何等的寶貴，有水才有一切。早在二十世紀初，美國政府就想在科羅拉多河下游築一道大壩，截住滔滔河水。可是，工程浩大，談何容易。直到美國第三十一任總統赫伯特·胡佛（Herbert Hoover）任內，儘管當時美國經濟處於大蕭條之中，胡佛總統還是鼎力支援建設大壩。這樣，大壩終於在一九三一年四月開始動工。

工程在異常艱難的環境中展開。這裏只有仙人掌、響尾蛇、蠍子和風暴。九十四名工人為建造大壩獻出了生命。建造大壩所用的水泥是如此之多，足以用來建造

　　從舊金山到紐約橫貫美國的雙車道公路！為了運輸這麼多鋼筋、水泥，還專門建造了鐵路。由於工人們的努力，工程提前兩年一個月零二十八天竣工，只用了四十六個月。一九三五年二月，大壩落成。為了紀念胡佛總統的貢獻，大壩用他的名字命名，叫做"胡佛水壩"。

　　胡佛水壩截斷了科羅拉多河，形成了波光浩淼、長達一百十八公里的密德湖，成為西半球最大的人工湖。胡佛水壩安裝了九台發電機，能發出七十多萬千瓦的電力，成為當時世界上最大的水電站。後來，又把發電機增加到十七台，總發電達到一百三十四萬千瓦。

　　胡佛水壩，孕育了新興的城拉斯維加斯，可以說是拉斯維加斯之母。這裏原本是不毛之地，荒無人煙，建造胡佛水壩的時候，大批工人聚集在這裏。水、電、鐵路，為一座新城的誕生提供了條件。工人們在沙漠之中，沒有任何娛樂，於是有人以賭博解悶。內華達州州政府為了吸引人氣，居然在一九三一年把賭博合法化。於是，許多資本家前來投資建設豪華賭場，大批觀光客也前來賭博。就這樣，一座光怪陸離的賭城在沙漠深處迅速發展，以至一躍而為美國西部最大的新城。如今，在胡佛水壩附近，還能找到殘牆斷垣、破敗淒冷的小村莊，那裏寫着"Old Las Vegas"（拉斯維加斯舊城），那就是建造水壩時工人們的宿營地。拉斯維加斯就是從一個沙漠小村發展起來的。胡佛水壩是打開拉斯維加斯之謎的一把鑰匙。只有清楚地了解胡佛水壩的歷史，才能知道拉斯維加斯這座世界第一賭城的誕生過程。如今，拉斯維加斯成了不夜城。正是胡佛水電站的電力，點亮了拉斯維加斯那流光溢彩、五顏六色的霓虹燈。　　胡佛總統是一個很有意思的人物。年輕時，他作為採礦工程師，曾經被派往中國。當時，胡佛和他的新婚妻子在中國生活了兩年。他們學會了漢語，而且取了中國的名字，分別叫"胡華"和"胡璐"。後來，胡佛成為白宮的主人之後，他和夫人之間倘若要談論一些不讓別人知道的話題，那就用漢語交談。

胡佛水壩最初叫"博爾德水壩"，因為附近的一座小城叫博爾德市。後來用胡佛的名字命名。不過，當民主黨人執政的時候，把共和黨人胡佛的名字抹去，據說原因是不適宜用活人的名字命名水壩，恢復原名博爾德水壩。直到一九四七年四月，美國國會決定仍用胡佛的名字命名大壩，沿用至今。

菲力浦島

　　菲力浦島是澳大利里一個以野生動物、特別以鳥類、海豹和企鵝聞名於世的觀光小島，一處天然動物保護區。這裏珍禽、異獸和睦石相映成趣。茂密的桉樹叢中，樹熊（也稱"考拉"）嬉戲其間，妙趣橫生。夜幕下，成百上千的小企鵝哪着隊從海邊登陸"回家"，牠們和人類和平共處，構成一幅極妙的圖畫，一道世界奇觀。

企鵝歸巢記

林　湄

　　夏陸灘位於澳大利亞南部菲力浦島上，離墨爾本約130公里的西港灣上。此島是企鵝保護區，觀看成群結隊小企鵝上岸歸巢景象成了旅行南澳的著名遊程之一。

　　到澳洲前，滿心以為澳洲是袋鼠之國。袋鼠肚裏裝着"孩子"的形象奇特可愛。可惜，遊了南澳東南部始終沒有見過一隻袋鼠，原因很簡單，沿海與城市不是袋鼠住所，牠喜歡荒漠荒原的大地。

　　沒想到，企鵝代替了我對澳洲的難忘印記。

　　我對企鵝的印象來自電視上的"自然台"，湛藍的大海，浪花拍擊海岸的嘩嘩聲，泡沫滾滾的海浪時湧時退，在浪花中飄上飄下的企鵝，黑白分明，毛髮油亮乾淨，一旦腳底着陸便搖搖擺擺走去，抖落身上的海水，站在固定的位置，然後回頭望海，成群陣勢，黑壓壓一片，傲然站立，從容不迫，似乎牠們才是海的主人，海的精靈。

如今親眼觀賞，真是一樁美事。

時值澳洲夏季，企鵝歸巢時間約於晚上八點。因南極吹來的海風，到達夏陸灘涼意絲絲，我披上禦寒的外衣，不辭白日的勞累，乘坐一個多小時旅遊巴士，充滿期待與甜蜜，坐在觀賞台上，忘卻寒意，等待日落⋯⋯

天色真好，雖是晚間七點多，西邊天際仍泛着橘黃橘黃的晚霞，時而浮游飄忽，時而滯停默默，落日的餘輝穿過晚霞金光流散，給即將入暗的海岸增添生機。

觀賞台如半圓形露天戲院座位，中間保持丘陵原狀，石級上坐滿來自世界各地的遊客，觀眾面向塔斯曼海，海風夾着潮潤的氣息，岸畔丘陵地上的樹林灌木在海風下搖搖曳曳，發出低沉的沙沙葉響。

石級上雖無虛位，但靜寂無聲。等待，是一種自甘情願的焦意，也是一種愉悅的情緒。可是，大海不知人意，依然"我行我素"，一面顯示它的寬闊、安詳和寧靜，另一面卻享受擁抱戀人的情調，在與岸畔的接吻中發出溫柔而富魅力的呼籲。

我在海的懷抱沉肅、浪的歡聲期待，更在變幻的晚霞中醉迷。

突然，遊客中有些"騷動"，有人半起身彎着腰手指前來的海浪道："來了，來了！"

巡視海灘的管理員立即舉起手示意"坐下，坐下"，我順着遊客目光望去，甚麼也沒看到，真後悔沒早點佔個好位置，坐到前排去。

　　為了看清楚，我悄悄地移動位置，雙膝偷偷地跪在坐我前面的日籍母子鋪地後空餘的紗巾上。這時，我看到起伏推向岸上的浪花有一堆黑影，如搖籃中的"嬰兒"，晃晃盪盪，隨浪花推進漸漸近岸，不久，一個個小黑點從浪中鑽出，跳撲沙灘上，咦，小企鵝回巢了。

　　這是世界上最小的一種"迷你種"小企鵝，半尺多高，形體小而精靈（南半球企鵝有七種，在南極大陸繁殖的有四種，約有二尺長，那兒企鵝不怕人，看見人還會列隊歡迎呢）。

　　上岸了，不知是否像人類似的以血緣、地域或友情深淺作為標準呢，還是於大海的歸途中偶遇，牠們是幾隻到十幾隻不等，一隊隊回來的。

夜幕漸濃，天邊變幻莫測的色彩漸漸退去，代替的是灰白相間的餘輝，轉而相近相融，最後被黑暗代替。只有觀賞台旁的高高燈光，令夏陸灘隱隱可見。

上岸的小企鵝趔趔趄趄地在沙灘上走，搖晃而不倒，東看西望，倦意中帶着緊張，不小心跌倒了再起來，沿着觀察站兩旁的沙丘走去。這時，個別不守規則的遊客閃光拍攝，令管理員十分不快。

又一堆黑影出現了。接着，每隔數分鐘，觀察台的左右兩邊海灘陸陸續續出現回歸的小企鵝，觀眾不是發出"噓噓"或"噴噴"的驚嘆聲就是跟隨小企鵝的足跡在丘地通道上觀賞。我也擠身到靠近丘地的石欄旁，呀，一隻落伍的小企鵝顯得慌忙緊張，因走得太快時時摔倒，嘴裏發出"嘰呀嘰呀"叫聲。牠是老弱病殘吧？還是太累了？我起了惻隱之心，希望牠別緊張，順利回家。

企鵝的婚姻家庭生活甚有意思，除"自由戀愛""一夫一妻"制外，婚配也有季節性。初夏十月中旬，雄鵝口銜卵石築起直徑約一尺的圓盤，即愛窩，有了巢，見到雌鵝便扭頭、拍翅猛跳，並發出嘎嘎的求愛聲。雌鵝看中牠，就到牠新房睡覺。

有趣的是，雌鵝只生兩個蛋，生完離去，雄鵝則不吃不喝孵蛋33天。小企鵝出殼了，爸爸已瘦弱不堪，這時吃得胖胖的媽媽才回來接替工作，讓爸爸出海覓食，孩子四個月後可隨父母出海覓食，再過一時便可獨立生活，這時父母各奔前程，到初夏十月中旬再回老巢同居，繁殖後代。

此時是一月初，也就是企鵝生兒育女享受家庭快樂的最好時期，請看牠們出海回家後的悠然自得形態——

走進沙丘灌木叢後，企鵝並非立即入洞，朦朧的燈光下，有的站在洞穴口看望蠢動的毛茸茸孩子，有的獨立草旁沙丘舉目望客："你是誰？"有的在空地上"閒庭信步"，有的相依相愛，有的雙雙交頸敍述出海的經歷，有的在木板人行通道下嘰嘰咕咕，發表議論，毫無倦意⋯⋯

外表看來山丘黑黝黝一片灌木叢林，裏面則處處有洞，這裏蘊藏着安靜、自然、簡單、純樸、平和的生存景象，沒有鬥爭、煙火、野心、貪婪、虛榮心和無盡慾望中夾帶着的焦慮和彷徨。

牠們是野生的，卻生活的如此有規不亂，連回巢的路線都是沿着清早走向大海的足跡。

牠們沒有創造能力，卻吃得肥胖圓滾，不為衣食住行憂慮，不像人類"汗流滿臉只得一口飯吃"，耗盡體力與生存日子，無窮無盡的不安和苦役，取得的僅是衣食和一寢之地。

牠也沒有像法國作家布封筆下的天鵝，自認是水禽國度的領袖，自詡高貴、美麗、超脫⋯⋯

牠溫和、寧靜、泰然、妍美，給人喜悅、柔和之感，令人讚賞不忘形，喜悅中隱藏的風趣以及自由中流溢出來的安詳和柔靜 ⋯⋯ 對於小企鵝，我是生客。雨果說人的眼睛一方面是用來看人類的，另一方面是用來看自然的。我過去也看過自然，山水、鳥樹，但沒有像這一次，看得這麼認真、投情、專注。這似乎是一幅會說話的自然，每種變動都是一種構思，它永恆地"為自己保留一種特殊而普遍的思維秘訣，這秘訣是沒有人能窺探的"（歌德《自然》）。

我願意活在牠們的世界裏，遠離空虛與喧鬧，捨棄名位和慾望⋯⋯

讀萬卷書，行萬里路

　　"讀萬卷書，行萬里路"自古就是人們求知、成才的兩條途徑。如司馬遷自幼誦讀"古文"，二十歲開始"循行天下"，兩條途徑並行，為著書立說打下厚實的基礎，終於寫出被魯迅譽為"史家之絕唱，無韻之離騷"的巨著 ——《史記》。這裏的"行萬里路"即今天所說的旅遊、旅行。

　　然而，並不是所有的人都能意識到這兩條途徑並舉的重要性。在中國科舉時代，就一味強調讀書對人才成長的作用，小到"讀書破萬卷，下筆如有神"，大到"十年寒窗無人問，一舉成名天下知"。"書中自有顏如玉，書中自有黃金屋"是人們常唸的勸學經。不少讀書人也是"兩耳不聞窗外事，一心唯讀聖賢書。"結果造就了不少"四體不勤，五穀不分"的書呆子。行路在當時一些人眼裏是可有可無，甚至有悖於讀書人傳統的事。事實證明，行路對人才成長的作用，是同樣不容忽視的。英國哲學家、教育家培根就曾說過"對青年人來說，旅行是教育的一部分。"

　　"行路多者見識多。"托·富勒一語中的，道出行路與讀書的共同處。通過行路，尤其是帶着目的和知識的行路，人們能"仰觀宇宙之大，俯察品類之盛"。相較於閱讀，"行路"更多是通過觀察和接觸，對社會現實和自然風光進行實地的"閱讀"，得到的是事物的真相。《警世通言》裏就提到，蘇東坡有一次去拜訪王安石，看到其未寫完的詩"西風昨夜過園林，吹落黃花滿地金。"詩中的黃花即菊花，它的凋謝通常是整朵枯死在枝頭，而不是一瓣瓣飄零。有詩云："寧可枝頭抱香死，何曾吹落北風中。"蘇東坡據此認為王安石錯了，提筆在其詩句後續寫上"秋花不比春花落，說與詩人仔細吟。"然而，蘇東坡後來在黃州山上賞菊時，出乎意料的發現，黃州的菊花耐不得風霜，風一吹，果然是滿地花瓣，金黃一片。所以杜南說"旅行是真正的知識最偉大的發源地。"況且，行路在獲取直接經驗的同時，也並不排斥在行路過程中通過文字和圖像獲得的間接經驗。

　　讀書和行路向人們展示了"宇宙之大，品類之盛"，使人意識到時空的無限、生命的短暫和個體的渺小，人的視野和心胸因之得以拓闊，正所謂"俯視大江東去，開拓萬里心胸。"人的性情在潛移默化中得到陶冶，從而養就謙和、包容等美的情操。

　　此外，讀書和行路還分別以文字、圖像、具景和實物等來衝擊人們的視覺，久之，就使人的審美能力和覺悟得到提高，意識到自然、文化和生命的寶貴，從而增強環保意識。

趣味重溫（3）

一、你明白嗎？

1. 試把各旅遊景點和它所在的國家及其旅遊價值連線搭配。

美國	金字塔	全世界最大的電影製作中心，影城。
	菲利浦島	賭城拉斯維加斯之母，十九世紀三十年代世界最大的水電站。
埃及	好萊塢	當今世界七大奇跡之首
	迪斯尼樂園	小企鵝保護區
澳洲	胡佛水壩	第一個舉世聞名的老少皆宜的樂園

2. 根據〈企鵝歸巢記〉選擇企鵝的相關習性。

　　i.　小企鵝的"婚姻家庭"模式是：

　　　　a. 一夫多妻制　　　　　　b. 一妻多夫制

　　　　c. 一夫一妻制　　　　　　d. 走婚制

　　ii.　小企鵝夫妻的生育週期和數量為：

　　　　a. 十個月生一個　　　　　b. 一年生二個

　　　　c. 一生只生二個　　　　　d. 一年生多個

　　iii.　小企鵝夫妻的新房是：

　　　　a. 企鵝情侶合築的　　　　b.雄企鵝獨自完成的

c. 雄企鵝的父母贈送的　　　　d. 沒有新房，隨遇而安。

iv. 第一個見到小企鵝寶寶的是：

a. 企鵝爸爸　　　　　　　b. 企鵝媽媽

c. 企鵝爺爺　　　　　　　d. 企鵝奶奶

3. 下列遊記中，幾乎沒有用到"說明"這種表達方式的是：

a.〈金字塔夜月〉　　　　b.〈胡佛水壩 —— 拉斯維加斯之母〉

c.〈企鵝歸巢記〉

二 、想深一層

1. 好的遊記往往綜合運用以下多種表達方式，例如〈企鵝歸巢記〉，試選擇各句主要的表達方式填寫在題後括號內。

a. 敍述　　b. 說明　　c. 描寫　　d. 抒情　　e. 議論

i. 這是世界上最小的一種"迷你種"小企鵝，半尺多高，形體小而精靈。（　　）

ii. 我對企鵝的印象來自電視上的"自然台"，湛藍的大海，浪花拍擊海岸的嘩嘩聲……海的精靈。（　　）

iii. 牠們沒有創造能力，卻吃得肥胖圓滾，不為衣食住行憂慮，不像人類"汗流滿臉只得一口飯吃"，耗盡體力與生存日子，無窮無盡的不安和苦役，取得的僅是衣食和一寢之地。（　　）

iv. 我願意活在牠們的世界裏，遠離空虛與喧鬧，捨棄名位和慾望……（　　）

v. 朦朧的燈光下，有的站在洞穴口看望蠢動的毛茸茸孩子，有的獨立草旁沙丘舉目望客：“你是誰？”有的在空地上“閒庭信步”，有的相依相愛……（　　　）

2. 本單元三篇遊記，_____以空間順序為主。採用了倒敍的是_____，採用了插敍的有_____，採用了補敍的有_____。

    a. 〈北美拾零〉   b. 〈胡佛水壩 —— 拉斯維加斯之母〉

    c. 〈企鵝歸巢記〉

3. 根據意思寫成語。

    a. 好像數自己家藏的珍寶那樣清楚。比喻對所講的事情十分熟悉。_____

    b. 形容服飾華貴富麗，閃耀着珍寶的光色。_____

    c. 道教煉丹，認為煉到爐裏的火發出純青色的火焰時就算成功了。後用來比喻功夫達到純熟完美的境界。_____

    d. 好像太陽正在天頂。比喻事物正發展到十分興盛的階段。_____

    e. 把各方面的知識和道理融合貫穿在一起，從而取得對事物全面透徹的理解。_____

    f. 連烏鴉和麻雀的聲音都沒有，形容非常安靜。_____

三、延伸思考

1. 旅遊有"吃、住、行、遊、購、娛"六大要素之說,寫作遊記,不免涉及這些要素,就你讀過的遊記調查這六大要素在遊記中所占的比重。及除此外,遊記還可寫哪些內容?

2. 試上網查查,除了本書所提到的旅遊資源外,各大洲還有哪些著名的旅遊資源,試加以整理。

3. 在決定到哪裏旅遊後,你會做些怎樣的準備工作?你將從哪些途徑搜尋該地的相關資訊。

4. 你會選擇到同一個地方多次旅遊嗎?為甚麼?

參考答案

趣味重溫（1）

一、 你明白嗎？

1.

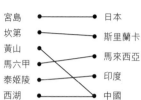

宮島 —— 日本
坎第 —— 斯里蘭卡
黃山 —— 馬來西亞
馬六甲 —— 印度
泰姬陵 —— 中國
西湖

2. b， cde， af

3.

	杭州舊貌	杭州新妝
景	湖水渾濁，垃圾漂浮，魚幾乎絕了，蓴菜不長，遊人喧鬧採花折柳。	殘荷之外並無垃圾，部分地方可隱約見底。魚多起來了。現在清理好了，政府也管得嚴。
食	樓外樓酒家接待階級分明，名菜需預訂。	名菜齊全，而且有一人份的。
住	供電緊張，旅館空調不足。	電力充足，設備先進。

4.

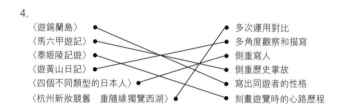

〈遊錫蘭島〉 ● 　 　 ● 多次運用對比
〈馬六甲遊記〉 ● 　 　 ● 多角度觀察和描寫
〈泰姬陵記遊〉 ● 　 　 ● 側重寫人
〈遊黃山日記〉 ● 　 　 ● 側重歷史掌故
〈四個不同類型的日本人〉 ● 　 　 ● 寫出同遊者的性格
〈杭州新妝競舊　重隨緣獨覽西湖〉 ● 　 　 ● 刻畫遊覽時的心路歷程

二、 想深一層

1. b　　　2. c

3.

天都和蓮花二峰的峰頂奇秀地突出在半天雲裏。 ● 　 　 ● 中途所見

千山萬峰沒有一座不爬伏下邊，時而露出青翠的峰頂，時而隱沒在雲海。 ● 　 　 ● 山頂俯視

兩邊夾着一片一片的石峰，山路在石峰之間曲曲彎彎地延伸。 ● 　 　 ● 山下仰望

三、 延伸思考（此部分不設答案，讀者可自由回答。）

趣味重温（2）

一、 你明白嗎？
1.

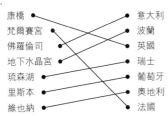

2. befdac；空間順序

3. 我用手撥開草一看，大吃一驚：原來青草下邊藏了滿滿一層花兒，白的、黃的、紫的；純潔、嬌小、鮮亮；這麼多、這麼密、這麼遼闊！他們比青草只矮幾厘米，躲在草下邊，好像只要一努勁，就會齊刷刷地全冒出來⋯⋯

4. i.（c） ii.（a） iii.（d） iv.（b）

5.〈他們的麻煩〉

二、 想深一層
1. 定點觀察是：b c
   移動觀察是：a d

2. 詳寫：聖金加教堂和鹽礦歷史博物館
   略寫：爾車夫斯基湖和長長的通道等

3.
"在真的懂得人生，要徹底走到人間趣味底裏面去的人，就應該在這暴風雨裏面黑暗裏面去找趣味，甚至罪惡醜陋裏；因為這些裏面有更深的詩意，更奧蘊而激動的美。"

"他不論是生冤家死對頭，英帝霸王，賢主暴君，只要在歷史上闖過大禍的，他們就一一將他表現出來，這實在是一部嚴正的歷史啊。"

"假使中國有一天要畫這類的歷史畫，我的主張是漢高祖明太祖的事跡固然要注意，而秦始皇的魄力，隋煬帝的天才，元太祖的威武，是更值得誇張的。"

"使用那樣的屠殺弱小民族，也決不是大法國歷史的光榮吧。"

"這樣子，更令我感到那享樂的君主的奢侈生活中卻有促進藝術的興盛之偉力。"

"做人的目的不在做父親的有一個純良的好兒子，豐衣足食也決不能滿足你的理想，而在於各種更深的意義上去追求人間的趣味。"

"不過專制的壓力，盡可以摧殘一般普通人的思想，而決不能阻止思想家的反抗。"

三、 延伸思考（此部分不設答案，讀者可自由回答。）

趣味重溫（3）

一、 你明白嗎？
1.

2. i.（c）　ii.（b）　iii.（b）　iv.（a）

3. a

二、 想深一層
1. i.（B）　ii.（A）　iii.（E）　iv.（D）　v.（C）

2. a,b,bc,b

3. a. 如數家珍　　b. 珠光寶氣　　c. 爐火純青　　d. 如日方中或如日中天
e. 融會貫通　　f. 鴉雀無聲

三、 延伸思考（此部分不設答案，讀者可自由回答。）